CATALOGUE

des

MANUSCRITS NÉERLANDAIS

de la

BIBLIOTHÈQUE NATIONALE.

CATALOGUE

DES

MANUSCRITS NÉERLANDAIS

DE LA

BIBLIOTHÈQUE NATIONALE.

PAR

M. Gédéon HUET,

Archiviste-Paléographe

PARIS.

1886.

INTRODUCTION.

Le fonds néerlandais de la Bibliothèque Nationale se compos aujourd'hui de 109 numéros (1). Les volumes cotés 1 à 59 étant disséminés dans « l'Ancien fonds français » et dans le fonds » Supplément français et langues étrangères, » on les réunit en 1860 lorsqu'on constitua les fonds en langues modernes. Depuis cette date, une cinquantaine de volumes sont venus s'y ajouter comme « nouvelles acquisitions. » Plusieurs de ces volumes se trouvaient déjà à la Bibliothèque avant 1860; c'est ainsi que les pièces de théâtre (n°s 62 à 65, 92 à 94, 104) qui semblent provenir de la même collection, paraissent avoir été achetés au commencement de ce siècle ou à la fin du siècle dernier (2). D'autres volumes (n° 95, 108, 109) proviennent d'achats récents. N° 107 a été trouvé dans une reliure.

Les manuscrits décrits sont naturellement de valeur fort inégale. Si cependant nous nous sommes résignés à donner des détails circonstanciés sur des volumes qui, au premier abord, semblaient de peu de valeur, c'est surtout afin de fournir des renseignements à ceux qui pourraient peut-être y découvrir quelque chose d'intéressant pour des études spéciales. Il en est ainsi des recueils de pièces de procès, originaires de la Flandre (6-9, 103) ; ces volumes ont des *indices rerum* dressés au point de vue juridique ; notre aperçu pourra tenir lieu d'un *index nominum* qui pourra mettre sur la voie les généalogistes. De même la collection des pièces concernant les Chambres de rhétorique

---

(1) On trouve des pièces en hollandais et en flamand disséminées dans d'autres fonds : le volume coté Colbert i 94 flam. (collection de chartes de l'abbaye de Bourbourg) contient des chartes flamandes du XVIe siècle (n°s 73, 78, 80); on trouve des fragments de poèmes néerlandais dans le vol. 118 du fonds allemand; ces fragments ont été publiés par M. de Vries, *Tydschrift voor Nederl. Letterkunde*, III, p. 1. ss. Le livre d'heures fonds latin, nouv. acq. 394, contient des pièces en flamand.

(2) En 1812 la Bibliothèque acheta une collection de 3000 pièces de théâtre en hollandais (*Catalogus van de Bibl. der Maatsch. van Nederl. Letterk. Tooneelstukken*, p. II).

en Belgique (20-27), à défaut de tout intérêt littéraire, pourra offrir quelques traits à l'historien des mœurs de l'époque.

Parmi les mss. réellement intéressants nous citons en première ligne la traduction de Boèce (n° 1) avec d'admirables miniatures ; probablement le premier manuscrit néerlandais qui soit entré à la Bibliothèque; il provient de la bibliothèque de Louis de Bruges et a dû être acquis sous Louis XII, avec la plus grande partie des livres du seigneur flamand. (L. Delisle, *le Cabinet des Manuscrits*, I, 140, 144) ; deux traductions partielles de l'Ancien Testament (n°s 2, 38) ; les deux manuscrits d'une traduction du Commentaire sur le Cantique des Cantiques de Richard de Saint-Victor (28, 30), et d'autres ouvrages de piété et de morale (31, 32, 33, 34, 37, 39, 40), qui fixeront peut-être l'attention de ceux qui s'occupent de cette branche de littérature, si riche aux Pays-Bas vers la fin du moyen âge. — Parmi les manuscrits plus modernes, nous citons celui de la « Défense de la Religion » de Grotius (n° 34) qui offre des variantes curieuses, le journal et les dépêches de l'ambassadeur Boetselaer (n°s 78-91), enfin les notes recueillies par Witsen pendant un voyage en Russie (n°s 47-49) et données par lui à Melchisédec Thévenot (1).

Des notes rapides sur les trente premiers numéros du fonds ont été données par E. de Borchgrave, dans le *Messager des sciences historiques* (année 1869, Gand, p. 135). — D'excellentes notices sur quelques mss. historiques se trouvent chez M. Gachard, *La Bibliothèque Nationale* (Bruxelles 1875). Enfin certains mss. ont été étudiés par divers érudits, soit au point de vue archéologique (n° 1), soit au point de vue philologique (n°s 3, 16).

Au point de vue des matières traitées, les manuscrits se classent ainsi :

Théologie, philosophie religieuse, piété : 1-3, 28-43, 60, 95, 97-101.
Droit, pièces de procès : 6-9, 103.
Recueils de coutumes, cartulaires : 4, 5, 15, 44, 45, 72, 76.
Documents administratifs : 11-13, 46, 102.
Médecine, sciences naturelles : 54, 55, 57.
Sciences occultes : 105.
Mathématiques : 18, 56.

---

(1) Il est regrettable que nous n'ayons conservé que ces débris de la grande quantité de manuscrits, principalement hollandais, où Thévenot avait puisé pour publier sa collection de voyages (voir les remarques de Camus sur cette collection dans son *Mémoire sur la collection des grands et petits voyages et sur la collection des voyages de M. Thévenot* (Paris 1802) p. 293 ss.). Que sont devenus ces documents ? Tous les manuscrits laissés par Thévenot entrèrent pourtant à la Bibliothèque. (L. Delisle, o. c. I. p. 334).

Belles-lettres, grammaire : 16, 20, 27, 59, 61-65, 92, 94, 104.

Beaux-arts, musique, archéologie : 10, 19, 58.

Histoire : 50-53, 69, 78-91, 96, 106.

Voyages : 17, 47, 48, 49.

Généalogie, blason : 66-68, 70, 71, 74-75, 77.

En rangeant les manuscrits par ordre de dates, on obtient les chiffres suivants, auxquels nous ne donnons pas une valeur absolue (1).

Xe siècle, 107. XIVe siècle : 4, 16.

XVe siècle : 1, 2, 3, 5, 11, 13, 28-35, 38, 43, 54, 76, 95, 102, 105, 106, 108, 109.

XVIe siècle : 12, 15, 37, 39, 40, 44-46, 57, 60, 75.

Le reste est moderne.

En terminant nous offrons à ceux qui ont bien voulu nous assister de leurs conseils et de leurs renseignements, et particulièrement à MM. Delisle, Morel-Fatio et Omont, le témoignage de notre reconnaissance.

(1) Il est à remarquer que deux mss. ont des dates fausses (2, 37) ajoutées probablement pour augmenter la valeur marchande.

CATALOGUE

des

MANUSCRITS NEERLANDAIS

de la

BIBLIOTHÈQUE NATIONALE.

1. Boethius, de Consolatione Philosophiæ, texte latin avec traduction et commentaires en flamand.

Fol. 1 r. « Dit es de tafle dienende desen nauolghenden. V boucken Boecii. — Fol. 11 r. hier beghint de prologhe. — Fol. 12 v., Carmina, etc. [Liber I]. — Fol. 58 v°, Posthec [Liber II]. — Fol. 116 v°, Jam cantum illa [L. III]. — Fol. 212 v°, Et cum philosophia [l. IV]. — Fol. 318 v°, Dicerat [l. V]. — Fol. 392 : Hier endt desen weerdeghen bouc Boecius de consolatione philosophie Ten trooste leeringhe ende confoorte aller mensche in desen drucke der weereld zynde. Gescreuen om hoghe edele ende moghenden heere Mer lodewyc heere van den gruuthuse. Grave van wincestre. Prinche van steenhuse heere van avelghem van hamste van oorscamp van seueren van thielt ten hove, etc. Bi mi Jan van Krieckenborch onderdanich dienare des voornoemden heere. Int jaer ons heeren. 1491. den. 16. en In Maerte. »

Traduction en prose et en vers ; voir les explications de l'auteur, prologue, fol. 12. — Les proses et les mètres du texte latin sont divisés en morceaux distingués par des § ; après chaque morceau latin, la traduction, puis le commentaire en caractère plus petit. — En tête de chaque livre, grande miniature avec encadrement.

C'est la même traduction qui parut à Gand en 1485, voir Campbell, Annales, p. 85. — (L'auteur avait déposé un exemplaire de sa traduction à Gand, prologue, fol. 12 r°).

Décrit par Dehaisnes, l'Art chrétien en Flandre (Douai, 1860), p. 81, par van Praet, Louis de Bruges, Paris, 1831 (anon.), p. 142.

XVe siècle. — Parchemin. — 392 feuillets. — 505 sur 380 millim. — Ancien fonds, 6810.

2. Bible. — Fol. 1 r°, « Hier beghint die prologhe van desen boke Die ghenoemt den bibel. — (Fol. 2 r°, Genèse ; fol. 42 r°, Exode ; fol. 65 r°, Lévitique ; fol. 71 r°, Nombres ; fol. 87 r°, Deutéronome ; fol. 103 r°, Josué ; fol. 114 r°, Juges ; fol. 131 r°, Ruth ; fol. 135 r°, Rois, I ; fol. 160, r°, Rois II ; fol. 181, Rois, III ; fol. 211 r°, Rois, IV ; fol. 241 r°, Tobie ; fol. 251 r°, Godolias ; fol. 253 r°, Daniel ; fol. 264, Judith, fol. 267, Esdras ; fol. 270, Esther ; fol. 274 r°, Histoire d'Alexandre (Hier beghint die histoire van groet Alexander) : fol. 288 r°, Machabées.)

Fol. 2-240 contiennent la traduction écourtée des livres de Moïse, de Josué, des Juges, de Ruth, des quatre livres des Rois, avec division en chapitres selon la Vulgate ; fol. 240, l'auteur s'excuse de ne pas donner d'extraits de Paralipomènes, etc., ce qui suit (fol. 231 v°) sont des extraits empruntés directement ou indirectement à l'*Historia Scholastica*, mentionnée dans le Prologue. (1)

Fol. 302. — Fin : « Bidt voor den sondigen scriver om goeds willen een pater ende een ave Marien. Dat god ons wil verbliden. Amen. » Note ajoutée (main moderne). « Finitum anno 1419, II febr. sicut collegi ex hoc libro. » Je n'ai pas retrouvé cette date dans le ms. L'indication est probablement l'œuvre d'un faussaire. Fac-similé dans silvestre, Paléographie universelle, (Paris 1841), IVe partie.

XVe siècle. — Papier. — Lettres coloriées. — 302 feuillets. — 290 sur 210 mill. (Ancien fonds, 7826²) (fonds Colbert.)

3. « Die openbaringhe ihesu xpi die hem god gaf te openbaerne. Hier beghint apocalipsis in dietsche. » — Fin (fol. 22 v°) waerlike ic comme snellike. Explicit. Hier endt apocalipsis. »

Traduction de l'Apocalypse ; parfois on a inséré des gloses dans le texte. — Le texte occupe le verso de chaque feuillet, dont une miniature occupe le recto ; la 1re miniature représente des scènes de la vie de Saint-Jean ; les 22 suivantes correspondent chacune au chapitre placé sur le verso du feuillet précédent ; le verso du feuillet 23 est vide. — Chapitres 20-21 ont été déplacés et viennent après le chapitre 16 ; l'ordre est donc : ch. 16, 20, 21, 17, 18, 19, 22. (2) — Les chapitres n'occupant pas toute la page, on a ajouté (fol. 4 v°) une traduction du début de l'Evangile de Saint Jean ; (fol. 5 v°) traduction du *Pater* ; (fol. 8 v°) les articles de la Foi ; (fol. 10 v°) Prière ; (fol. 15 v°) poésie pieuse.

On a ajouté :

Fol. 24 v°, 25 r° (feuille *in plano* pliée en deux). Projet de lettres d'indulgences accordées par un évêque (nom en blanc) à un monastère de femmes. — Début : « Op dat die susters des convents dat iuc ons heeren, etc. » — Fin : « Item die den susteren int ghemeyn scryft X b.

XVe siècle. — Parchemin. — 25 feuillets. — 840-240 millim. — Suppl. français, 5093.

---

(1) Comparez Jonckbloet, Nederlandsche Letterk., 2e druk, I, 250.

(2) Cette traduction a été imprimée dans la *Zeitschrift für deutsches Alterthum* de Steinmeyer, XXII, p. 9 ss. Fac-similés dans Silvestre, o. c. et dans de Bastard d'Estang, Peintures des Manuscrits, t. XI. (exemplaire de l'auteur, à la Bibliothèque Nationale.)

4. Cartulaire de la ville de Bruxelles. — Fol. 1 r°. « Karolus diuina fauente clementia. » — Fin : (fol. 116 r°) « Ende metgaders desen hebben wy gelooft. »

Recueil de pièces en latin, en néerlandais et en français, rangées par ordre chronologique. La plupart concernent la ville de Bruxelles et l'église Sainte-Gudule ; quelques-unes concernent l'histoire des Pays-Bas en général et celle du Brabant. La première pièce est le privilège apocryphe accordé par Charlemagne aux Frisons ; la dernière, dont la copie est inachevée, est un traité entre le Brabant et la Flandre (1337) ; fol. 103, 105 sont vides, fol. 4 a été coupé.

Voir Gachard, la Bibliothèque nation. à Paris (Bruxelles, 1875, 4°, p. 293.)

XIVe siècle. — Papier. — 116 feuillets. — 290 sur 208 millim. — Ancien fonds, 10197 2. 2.

5. Recueil de pièces relatives à la ville de Gand.

1° Fol. 1 : Dit zyn de pengremaigen die ghecostumeert ende by scepenen ghestelt (liste des pélérinages à faire en expiation de crimes, avec tarif de rachat);

2° Fol. 4 : Privilèges accordés à Gand par Gui, comte de Flandre, en 1297, à savoir : *a*, coutume en flamand avec préambule et conclusion en français. — *b*, fol. 21 v°, traduction flamande d'une pièce française, réglant les priviléges du corps des XXXIX. — *c*, fol. 25 r°, traduction en flamand d'une pièce française réglant les droits des bourgeois (cf. Warnkœnig, Hist. de Flandre, III, 69, 176, Bruxelles, 1835).

3° Fol. 27 : Vidimus d'une lettre de Philippe, duc de Bourgogne, du 27 janvier 1433.

4° Fol. 30 : Traité de droit féodal, commençant par : Omme dat leengoet is dat hoegste. — Fin : God van hemelrike zy met ons allen. Amen. — Suivent huit vers.

5° Fol. 63 : Lettre de Philippe le Hardi du 8 décembre 1385.

6° Fol. 68 v°, 72 v°. Notes concernant des procès civils et criminels, copies de chartes, etc. etc., de 1336 à 1390.

7° Fol. 73-91 : Pièces concernant la quotité proportionnelle des charges à payer par les villes et châtellenies de Flandre, pour l'année 1408 (flamand et français).

8° Fol. 92 : Vidimus d'une lettre de Jean-sans-Peur, duc de Bourgogne, du 26 août 1305.

9° Fol. 94, v° : Lettre de Charles, roi d'Espagne, du 3 avril 1514. — Fin : in den roen boucke fo. LVI.

Voir Gachard, o. c. p. 468.

XV et XVI siècles.—Papier.—96 feuillets.—280 sur 212 mill.—Suppl. franç. 3360.

6-9. Recueil de pièces juridiques, en néerlandais, en latin et en français, originaires de la Flandre. — Titre au dos des volumes : « Advertissementen ende Consultatien » — La collection se compose de cinq volumes ; nous avons ici vol. 2-5 ; vol. 1 est sous n° 103. La plupart des pièces sont des copies ; il y a quelques imprimés. — Les pièces en latin et en français sont relativement rares. — La collection se compose principalement de consultations données par des avocats, la plupart rédigées à Gand; puis de Motifs de droit, Avertissements, Sentences et autres pièces relatives à des procès pendants devant les Échevins de la Keure, et les Échevins de Parchons de Gand, le Conseil de Flandres à Gand, et le Grand Conseil à Malines. Les pièces émanant d'autres juridictions étant rares, il est probable que le Recueil aura été formé à Gand.

En reliant les pièces on n'a observé ni ordre logique, ni ordre chronologique. Les pièces les plus anciennes sont de la fin du seizième et du commencement du dix-septième siècle; la plupart datent de la seconde moitié du dix-septième et des premières années du dix-huitième siècle. La date la plus récente que nous ayons trouvée est 1716.

A la fin de chaque volume, se trouve une table alphabétique, en flamand, indiquant les points de droit traités dans chaque pièce.

Nous donnons ici une liste succincte des pièces; quand le contraire n'est pas indiqué, la pièce est rédigée en flamand. Les « avertissements » sont rarement datés; pour la plupart on peut établir la date approximativement, d'après la date de la sentence qui a été copiée à la suite.

Volume II (néerl. 6.)

1. Consultation donnée à Gand le 30 septembre 1658, signé J. van der Heyden etc; — Requête aux Echevins de Parchons de Gand, de la part des hoirs de J. van den Steene. — Consultations concernant cette requête, données à Gand 1° le 23 décembre 1674 (signées van Putthem etc.) — 2° le 24 mars 1677, signée van Putthem etc.— Sentence des Echevins de Parchons dans cette affaire, 9 septembre 1676. — Consultation donnée à Gand le 12 juillet 1672, signée Peters et Sentences des Echevins d'Ypres et du Conseil de Flandres (G. de Velter contre J. van Oestlande.) — Sentence du Conseil de Flandres, 7 septembre 1676 (L. F. de Bourgogne contre A. de Gras) — Avec extrait de contrat de mariage.

2. Consultation donnée à Gand, 13 janvier 1676, signée Lamzoete, van Huele. — Consultation donnée à Gand, 3 janvier 1678, signée van den Hane (en français.) — Consultation donnée à Gand, 30 octobre 1676.

3. Consultation donnée à Gand, 22 février 1645, signée de Coninck etc. (en français; original.)

4. Consultation donnée à Gand le 22 février 1645, par les mêmes (original).

5. Avertissement pour L. Frans contre la douairière du Sot (avec sentence contre les Echevins de Parchons, juin 1700.)

6. Réplique pour le Métier des couvreurs, à Gand, contre J. de Bane.

7. Avertissement pour E. de Norman seigneur d'Opelaere, contre le recteur du collège des Jésuites (avec la Sentence du Bailli).

8. Avertissement pour F. Maigrait, seigneur de Heupen, contre J. de Corte, pensionnaire de Bruges, et F. Tayaert, seigneur de Soest (suit la Sentence des échevins de Parchons, 21 février 1679.)

9. Motif de droit pour L. van Brandenburgh contre J. Daniels (1659).

10. Avertissement pour A. de Leer et J. Verklaert, contre la veuve de Nevete.

11. Avertissement pour J. Steyaert, contre D. Luycx (1673). — Sentence des commissaires des Échevins, du 28 avril 1674. — Requête de D. Luycx aux Échevins de la Keure, 11 juillet 1672. — Sentence du 9 août 1673.

12. Avertissement pour A. Diericx, curé de Vinderhaute, contre A. van Peene du 27 mars 1672. — Sentence du 21 avril 1663.

13. Avertissement pour C. Smoy, contre J. Caluwaert.

14. Consultation en matière de droit canon (en latin). Donnée à Gand, 15 novembre 1695, signée Steenlant etc.

15. Déduction des points de droit pour les hoirs de la veuve de Cock, contre P. de Cock.

16. Avertissement pour les tuteurs des enfants de F. Reubens, contre la veuve de ce dernier. — Sentence du Conseil de Flandres (25 avril 1698.)

17. Consultations et autres pièces (en flamand et en français) relatives au procès entre Anne van Crombrugghe et le trésor.

18. Copie d'une des pièces sub 17. (fol. 210 v.) En français.

19. Consultation donnée à Douay, le 4 août 1597, signée B. Epo etc., (en français).

20. Avertissement pour la paroisse de Gremberghen, contre les Carmélites déchaux (1677).

21. Consultation donnée à Gand le 9 mai 1645, signée van Ghensere, etc.

22. Consultation donnée à Gand le 7 octobre 1677, signée van den Hane.

23. Consultation donnée à Gand le 6 octobre 1664, signée Seckma, etc.

24. Consultation sur la succession de Marie d'Oostendorp, donnée à Gand, le 13 septembre 1671, signée Lamsoete, etc. — Sentence des Échevins de Parchons, le 3 février 1672.

25. Requêtes pour le comte de Ribaucourt, (1680) en français.

26. Notices sur les procès entre les hoirs de L. de Bourgogne et le seigneur de Bauchant, et sur la donation faite par J. Corthals à J. van Berckel, (en français).

27. Consultation en matière de droit canon (en latin). Signée Th. Léonard, ord. ff. prd. etc.

28. Consultation (1683), sans signature.

29. (En français.) Consultation donnée à Tournay, le 31 octobre 1671, confirmée à Gand le 20 février 1672, signée Parmentier, etc.

30. Consultation en matière de droit canon (en latin) signée Schellevoort S. J.

31. Consultation dans le différend entre A. van Havelrike, et les héritiers du seigneur de Lovenzeele (Gand 29 juin 1675).

32. Consultation dans le procès entre la veuve Odemaer et P. Odemaer (Gand, 3 décembre 1669).

33. Consultation donnée le 30 août 1680, signée van Huele, etc.

34. Avertissement pour J. B. Matton, contre les Bourgmestres du Franc. (devant le Conseil de Flandres).— Consultations données à Gand, le 30 décembre 1692 et le 26 septembre 1693, concernant cette affaire.

35. Consultation en matière de droit canon (en latin).

36. Consultation donnée à Gand, le 18 octobre 1638, approuvée le 1er mars 1667, signée Roose.

37. Consultation donnée à Gand, le 9 août 1614, signée Bossier, Conynck, etc.

38. Avertissement pour la veuve van Dader, contre C. van Reisschoot.

39. Avertissement pour A. van Hulthem, contre les hoirs de la veuve van Hove.

40. Avertissement pour H. Snellaert, curé, contre les Bourgmestres du Franc. (1695).

41. Consultation donnée à Gand, le 14 septembre 1691, signée de Smidt.

42. Consultation dans le procès entre J. de Bisscop et A. de Bisscop, donnée à Gand le 20 avril 1656, signée van Heyden, etc.

43. Avertissement pour J. Steyaert, contre D. Luycx (même pièce que sub 11.)

44. Avertissement pour M. A. Rynheere, contre le seigneur de Rosendaele et J. van Sevene.

45. Avertissement pour la veuve Rousson, contre M. Mendonck et M. Willocx (en appel devant le Conseil de Flandres ; 1689).

46. Avertissement pour M. le Rousson, contre G. van der Let.

47. Avertissement pour Charles de Reulx, contre Marie Romyns, devant les Échevins de Bruges.

48. Consultation dans le procès entre les religieuses de Saint-George *opt sant* et consorts d'une part, et J. van der Slooten, de l'autre (Gand, 16 août 1688 ; signé van Sevecote, etc).

49. Factum pour les héritiers Spronckholf (après avril 1682).

50. Consultation donnée à Malines le 19 mars 1630, signée Adriani, etc.

51. Consultation relative à la succession de N. d'Overlooper, donnée à Anvers, 1er juillet 1642, signée Fabri, etc.

52. Consultation relative à la succession du seigneur de Nevele, donnée à Gand le 13 mai 1670, signée Parmentier, etc.

53. Consultation relative à une donation faite à Isabelle Tersande, Malines 29 décembre 1666; signée Geens, etc. (original).

54. Consultation donnée à Gand le 3 octobre 1681.

55. Consultation donnée à Gand le 30 décembre 1661, signée Parmentier. (original).

56. Consultation donnée le 4 avril 1659, signée de Vlamynck, etc. (original).

57. Consultations données à Gand le 30 avril 1674, signées van den Hane, de Roose.

58. Il est seur que les possesseurs ... des terres redevables ... ont droit d'abandonner les fonds qu'ils possèdent ... (etc. en français ; sans date).

59. Consultation relative à la compétence de l'official de Tournay, donnée à Gand le 23 juin 1694, signée Steelant, etc. (en français).

60. Réplique pour J. van der Guchte et consorts, contre A. van der Plassche.

61. Avertissement par J. van der Slooten, contre J. Servaes.

62. Consultation des avocats au Grand Conseil, sur les dettes d'Anne de Croy, comtesse de Crupigny, donnée à Malines, 4 février 1676 (en français).

63. Consultation donnée à Gand, le 28 septembre 1867, signée van Thuyne, etc.

64. Avertissement pour A. Allegambe, et consorts contre la dame A. Seissanders, veuve du seigneur de Coneghem. (1684).

65. Avertissement pour les Échevins de Parchons, de Gand, contre F. de Roo, devant le Conseil de Flandres (vers 1686).

66. Réponse à la réplique dans l'affaire de E. Triest, seigneur d'Auweghem, contre Maria Triest, douairière d'Appels.

67. Réplique pour A. Bras, contre les Échevins de la Keure de Gand (1679).

68. Avertissement pour J. van Steyaert (même pièce que sub 11).

68 *bis*. Avertissement pour A. Diericx (même pièce que sub 12).

69. Requête des Échevins de la Keure de Gand au Grand Conseil, sur l'interprétation de la Coutume de la ville (en flamand). Lettre du Grand Conseil au Conseil de Flandres (en français, Bruxelles, 22 juin 1675).

70. Lettre des Echevins de Parchons sur la même affaire.

71. Déduction des droits que AA. von den Beke prétend posséder à la charge de la cathédrale de S. Bavon.

72. Instruction donnée dans cette affaire (30 mars 1696)

73. Consultation donnée à Gand, le 20 juin 1683, dans le procès de C. Beiens contre de Meyer (signée van der Voorde, R. de Smidt etc.)

74. Consultation donnée à Gand, 4 janvier 1684, signée van Huele, de Rose.

75. Consultation en matière de droit canon (en latin) signée Bossier, Stalins etc.

76. Consultation donnée dans le procès entre Simoens et H. van Troostenberghe. Gand, 9 janvier 1675, signé J. van der Dendere etc.

77. Consultation sur les pouvoirs du Seigneur de Dixmuyde, donnée à Gand, le 1er juillet 1694, signée Smidt etc.

78. Consultation donnée à Gand le 12 février 1692, signée de Smidt etc.

79. Avertissement pour J. Delsart et M. de Vilers, prêtres, contre le prélat de l'abbaye du Vieubourg (1661).

80. Avertissement pour l'évêque de Gand contre L. Arents (1645).

81. Avertissement pour les hoirs d'Anna van Steelant, veuve d'A. van Hove, contre A. van Hulthem.

82. Consultation dans le procès des religieuses de Saint-George *opt Sant* et consorts contre J. van der Slooten ; donnée à Gand 1er avril 1689, signée Vergoethem etc. (Comp. sub 48.)

83. « Quid sit novale ». En latin.

84. Contre-avertissement pour R. Contalis contre J. van Sasseghem.

84 *bis*. (à la suite de la table). Consultation sur l'interprétation de la coutume de Gand. Gand 29 mai 1670, signé Lamsoete etc. (Original).

Vol. III (néerl. 7).

1. Consultation dans l'affaire de E. de Meyere, 3 mars 1677 (en français) signée J. Bonner.

2. Avertissement pour M. van Ghysele, contre J. Vilain, devant le Conseil de Flandres. Sentence du Conseil (4 avril 1700).

3. Consultation donnée à Gand, 23 mai 1704, signée de Smidt etc.

4. « Sur le fait des dixmes ; cette pièce est de Monsieur l'intendant Bagnols » (en français).

5. Sur la succession J. F. de Bertoge, en latin (1).

6. Consultation sur la succession de la terre de Watou, donnée à Tournay, 12 juillet 1682 (en français).

7. Recherches sur la question si les fiefs remontent (en latin).

8. Consultation donnée à Gand, 15 septembre 1703, signée de Smidt.

9. Consultation donnée à Gand, 15 septembre 1703, signée Tavernier (sur la question traitée dans la pièce précédente).

10. Avertissement pour J.-B. Cobrysse et consorts, contre C. Cobrysse, devant le Conseil de Flandres.

11. Sur la nature de l'appel (en latin).

12. Sur le pouvoir ecclésiastique et le pouvoir royal (en latin).

13. Sur le procès entre l'hospice de S. Jean de Bruges et la ville d'Ecloo (en latin).

14. Des biens de main-morte (en latin).

15. Du fidéicommis (en latin).

16. Sur les hypothèques (en latin).

17. Requête sur la paroisse de Melsele (Waes) avec décret du Conseil Privé. (Bruxelles, 13 février 1704).

18. Requête de la Ville de Bruges (sans date, vers 1697).

19. Avertissement pour la ville de Bruges contre P. Borrie, official (1704).

20. Motif de droit pour l'hospice des Lépreux de Gand.

---

(1) Cette pièce est de la même main que Nos 7, 11-16, 26-28, 32-38, 40, 41, 44 de ce volume. Ces pièces sont le plus souvent écrites sur des revers de lettres, adressées à « Monsieur van Steenberghe », conseiller-fiscal du Grand-Conseil, à Malines.

21. Avertissement pour le Conseiller Stalins contre L. Stalins (1704).

22. Sentence du Conseil (de Flandres ?) dans cette affaire, 2 avril 1704.

23. Constatation de l'usance de Gand dans le procès de J. Bemaer contre F. Bemaer et P. d'Oosterlinck, 8 juillet 1665.

24. Mêmes pièces que volume II, n° 1.

25. Avertissement pour Livine van den Loonen contre G. de Crombrugghe, 1701.

26. Sur les dettes (en latin).

27. Sur l'affaire de A. van der Straeten (en latin).

28. « De praescriptione », en latin.

29. Consultation donnée à Gand, 5 janvier 1704, signée de Hont. — Acte de donation de Johanna Bonne et d'Elisabeth Dobbelaere (Gand, 22 février 1600). — Sentence du Conseil de Flandres, 21 octobre 1628. — Sentence du Grand Conseil du 9 février 1636. — Acte de donation réciproque de Jérôme, Martin et Anne van der Straeten, Alost, 20 mai 1704. — Acte de donation de J. Braem et P. Braem, à Saint-Nicolas (pays de Waes) 14 mai 1694.

30. Donation réciproque faite par les enfants de Jean van Crombrugghe (20 mars 1692).

31. Consultation sur les frais des procès (11 janvier 1649).

32. « Ambigitur ubi existere censeantur nomina et actiones, quæ, ut situ et localitate carentes, mobilibus annumerantur, ac personam sequi jubentur. » (1676).

33. De la compétence de la juridiction militaire (en latin).

34. De la règle : « tot esse hereditates quot patrimonia sive heredia variis legibus gubernata » et de la définition de la « poorterye ». En latin.

35. Sur les prétentions du Comte de Waldeck et consorts, relatives à la succession d'Anne, margrave de Bade, et de sa sœur (1678). En latin.

36. De l'enregistrement des fidéicommis, etc. En latin.

37. Sur la rubrique XVI de la Coutume de Gand, relative au droit de retrait (naerhede). En latin (1679).

38. Evictionem pignoris non debet creditor. En latin.

39. Instruction pour le commissaire dans l'affaire de P. Thierry contre la ville de Bovehaute (20 janvier 1692).

40. « Stipulando alteri an actio acquiratur ». En latin.

41. Sur l'Anti-Tribonien d'Hotman. En latin.

42. Requête au Roi d'Anne van der Linden, douairière du baron de Courrières, avec l'avis du Conseil Privé (en français).

43. Consultation donnée à Gand, 15 septembre 1703, signée de Smidt. — Consultation donnée à Gand le 7 septembre 1703, signée de Smidt.

44. Sur l'article 24 de l'Édit Perpétuel du 12 juillet 1611. — En latin.

45. Consultation donnée à Gand le 14 avril 1703, signée de Smidt.

46. Consultation relative à la succession de H. Peetersens, Gand 26 mars 1688, signée Ameye etc. — Avis conforme, Gand, 1 avril 1688, signé Droesbeke etc.

47. Copie de la pièce précédente.

48. Avertissement pour P. de Snins (?) contre L. de Clercq (1655)

49. Consultation, dans l'affaire de A. de Vuldere, donnée à Gand, 21 février 1680, signée Parmentier etc.

50. Sentence criminelle du Conseil de Flandres contre W. van Neste (11 juillet 1609).

51. Requête de la collégiale de Sainte Pharahildis à Gand au Conseil de Flandres. — Sentence du Conseil (4 octobre 1701).

52. Consultation dans le procès entre A. Talboom et la veuve Botterman, Gand, 13 octobre 1685.

53. Procès-verbal du Commissaire dans le procès entre A. F. Damman et consorts contre P. de Feyne etc. (9 avril 1701.

54. Règlement des frais à payer par la ville de Sasselaere (1667).

55. Procès-verbal de *tourbe* faite dans le métier de Waerschot, Oo stwinckel et Roussele (9 juin 1653).

56. Procès-verbal de *tourbe* faite aux mêmes endroits dans la même affaire (même date).

57. Procès-verbal de *tourbe* faite à Sasselaere (même affaire). — Sentence des Échevins de la Keure de Gand dans cette affaire (J. Martens etc. contre de Muynck).

58. Consultation en matière de droit canon (latin et flamand), Gand, 28 septembre 1701, signée de Smidt, etc.

59. Sentence criminelle du Parlement de Tournay contre Jean Delaunay, (17 mai 1687).

60. Requête au Roi présentée par P. Stalins. Décision du Conseil Privé, Bruxelles, 24 janvier 1702.

61. Consultation donnée à Gand, le 3 février 1702, signée de Smidt.

62. Consultation donnée à Mons, le 16 juillet 1637, signée de Becq, (en français).

63. Consultation donnée à Gand, le 23 septembre 1676.

64. Avertissement pour B. van Beneden contre F. de Stroopere. — Sentence du Conseil de Flandres, 17 février 1685.

65. Consultation signée de Schepper, etc. (31 janvier 1698).

66. Consultation dans le procès entre P. de Clercq et la veuve de Jacques de Wolf (Gand, 26 mars 1701, signé de Smidt).

67. Sentence du Conseil de Flandres réglant la gestion des biens du marquis de Resves. Gand, 23 février 1691.

68. Sextuplique pour J.-B. Luytens contre Cornélie de Fraisnes.

69. Septuplique pour Cornélie de Fraisnes contre J.-B. Luytens.

70. Avertissement des hoirs Rodius contre A. de Meulenaere.

71. Acte de vente, passé entre la veuve H. Dally et Engelbert Dally (20 juillet 1681) et consultation concernant cet acte (signée Meldent, 11 mars 1685).

72. Avertissement pour J. Bollenus et consorts contre la veuve de Smedt.

73. Avertissement pour J. de la Bye contre la veuve Daniel Piers. — Sentence des Echevins de Rousselaere (Roulers) dans cette affaire (12 janvier 1674).

74. Avertissement pour le prince de Montmorency, châtelain de Roulers, contre A. de Richebourch.

75. Avertissement pour G. de Meulenaere et les Fiscaux royaux contre la Chambre des Pauvres à Gand. 1673. (imprimé).

76. Avertissement pour P. et J. Pennelyn contre J.-B. Gilles et Isabelle Pennelyn (1684).

77. Avertissement pour C. de Clercq contre B. Brias.

78. Avertissement pour les administrateurs des Ecoles des Pauvres de Gand contre les héritiers van Havere (1634, imprimé).

79. Avertissement pour G. Delvael contre la veuve Jacques Delvael, devant le Grand Conseil.

80. Avertissement pour J. et G. Delvael contre P. d'Hondt, avocat.

81. Avertissement de P. d'Hondt contre G. Delvael et consorts.

81 *bis*. Motif de droit pour Josine veuve Delvael, devant le Conseil de Flandres. (Gand 1633) — Extrait du testament de Jacques Delvael.

82. Avertissement pour P. Robyn et consorts contre les Etats de Flandres, devant le Grand Conseil (après 1636).

83. Extraits d'Hotman, sur la donation entre vifs (en latin).

84. Extraits de sentences, bulles, etc. concernant les dîmes (Avis des Commissaires du Conseil de Flandres, 1663 ; Consultation donnée à Gand le 27 juillet 1665 ; Sentence du Conseil de Flandres, 7 juillet 1649, etc.)

85. Consultation (en français) ; Gand, 11 février 1698, signée P. d'Hondt, de Smidt.

86. Consultation (en français) ; Gand, 29 septembre 1698, signée d'Hondt.

87. Consultation donnée à Gand, 4 octobre 1695, signée Ameye.

88. Motif de droit pour J.-J. de Fontaines, seigneur de Presbonnières, contre P. J. Keynjaert, devant le Conseil de Flandres (imprimé, 1686).

89. Exposé de droits pour dame A. M. Ancheman, douairière de la Faille, contre P. de la Faille, devant le Conseil de Flandre, 1677 (imprimé).

90. Motif pour J.-F. de la Faille, contre J.-B. le Febvre (avant juin 1704, imprimé).

Vol. IV. (néerl. 8).

1. Avertissement pour Catherine Gemyn et consorts contre P. Vierendeel, devant le Grand Conseil. — Extrait de l'arrêt, 1647 (en français).

2. Arrêt du Grand Conseil de Malines (en français). — Consultation concernant cet arrêt (Gand, 17 septembre 1708), signée de Smidt.

3. Avertissement pour L. van Brandenburgh et consorts contre J. Daumeels (1659).

4. Notice sur le procès de la veuve Beeckman contre P. de Leeuw (1651).

5. Consultation relative à une dîme achetée par les chanoines de Térouane.

6. Résolution du Roi de France, ordonnant l'exécution de l'ordonnance du Conseil du Roi concernant les dîmes de Bergues et Furnes (Dunkerque 4 mars 1678). — Texte de cette ordonnance (Fontainebleau, 27 septembre 1678). — Extraits des registres du Parlement de Tournay, 23 juin 1690, 18 novembre 1700 (en français). — Instruction pour les vicaires de l'évêché d'Ypres et consorts, contre le Bailli et les Échevins du métier de Belle, (26 janvier 1679, en flamand). — Requête des décimateurs d'Ypres à l'intendant de Flandres. — Réponse de l'intendant (9 avril 1706).

7. Consultation sur la succession du baron de Nevele (Gand, 24 novembre 1674), signée de Grave, etc.

8. Consultation donnée à Ypres, 29 juillet 1675, signée de Vos.

9 Consultation sur le procès entre J. Demandole et F. de la Wettere (Gand, 23 mars 1615), signée A. Blasere.

10. Consultation donnée à Gand le 2 novembre 1629, signée Bossier, etc.

11. Consultation donnée à Gand le 27 septembre 1622.

12. (En français). Consultation sur un différent entre la maison des Carmélites déchaussées et le baron d'Archies, signée Helias, etc. (Gand, 21 novembre 1624).

13. Consultation relative à la succession féodale de F. Petit-Pas, signée Triest (Gand, 30 avril 1628). — Avis conforme (Gand, 6 mai 1628), signé Bock.

14. Consultation donnée à Gand, le 30 janvier 1630, signée Blaser, etc.

15. Consultation donnée à Gand, le 4 octobre 1630, signée de Blaesere, etc.

16. Notice sur le procès de A. Van der Cappelle contre J. de Man (1624).

17. Notice sur le procès relatif à la succession de Philippe-Guillaume d'Orange.

18. Consultation sur une cession faite par le Chapitre à la ville de Tournay (Gand, 6 janvier 1655), signée Hamerel, etc.

19. Consultation sur l'affaire de F. Dryelof (Gand, 17 juillet 1704); signée de Smidt. — Sentences des Échevins de Bruges et du Conseil de Flandres dans l'affaire de M. Leupe, (18 mars 1705, 11 septembre 1706).

20. Consultation donnée à Gand (11 juin 1706), signée Schepper, de Smidt.

21. Notice sur l'affaire de Catherine Stalyns, veuve Van der Sutten (1645).

22. Consultations sur la succession de A.-C. van Laere (Gand, 9 février 1682 signée Jansens, 22 octobre 1692 signée van Steenlant). — Déclaration des avocats etc. de Dendermonde, 24 novembre 1714.

23. Consultation sur l'acte de vente, passé entre la douairière de la Faille et P. de Kersmarken (Gand, 26 juin 1708), signée de Smidt.

24. Consultation sur le procès entre P. Braem et G. Suer (Gand, 17 août 1705), signée de Smidt.

25. « De donatione » (extraits d'Hotman). En latin.

26. Consultation donnée à Gand, le 7 février 1670, signée de Smidt.

27. Consultation donnée à Gand, le 2 juin 1706, signée de Smidt.

28. Sur la Coutume de Gand, rubrique 12, article 1, signé Bonne (en latin).

29. Avertissement pour P. de Baet contre P. Cocquyt, devant le Grand Conseil; arrêt du Grand Conseil (9 septembre 1684).

30. Consultation sur le procès entre la Prieure de Sion à Audenaerde et les propriétaires des moulins d'Audenaerde (Gand, 13 juillet 1705), signée Bonne, etc. — Instruction (en français) pour les experts dans cette affaire, donnée par le Grand Conseil (22 août 1705). — Arrêt du Grand Conseil (en français), Malines, 28 novembre 1707. — Instruction du Conseil de Flandres dans le procès de F. van Overloop.

31. Sur les différentes sortes de moulins.

32. Consultation donnée à Gand, 14 avril 1700, signée Tavernier.

33. Consultation donnée le 18 août 1707, signée De Rechter.

34. Sur le procès de A. Bertolli, contre le bailli de Rode, en 1631.

35. Sur le procès entre le seigneur de Gheluvelt et ceux de Dixmuyde.

36. « De cessione actionum » (en latin).

37. Consultations, la 1re donnée à Bruges, 28 janvier 1708, signée de Meyere, la 2e à Gand, 18 mai 1708, signée Tavernier, etc.

38. Consultation dans le différend entre J.-B. Kaignart et la veuve Meynaert, (Gand, 6 décembre 1666), signée van der Heyden, etc.

39. Consultation (en latin); Louvain, 12 décembre 1705, signée de la Hamayde, etc.

40. Requête de J. de Pien au Conseil de Flandres. — Sentence du Conseil dans le procès entre J. de Pien et J.-B. Raveryx. (Gand .7 juillet 1703).

41. Requête du Bailli de S. Gilles, Belle et Swynecke au Conseil Privé (en flamand). — Lettre du Grand Conseil au Conseil Privé (10 octobre 1698; en français).

42. Lettre du Grand Conseil au Conseil privé (26 janvier 1699), sur le différent entre L. de Cock et C. Coppenolle (en français).

43. Requête de la duchesse de Havre et de Croix (18 mars 1639, en français). — Lettre du Grand Conseil au Conseil privé sur cette affaire, 23 mai 1699 (en français).

44. Requête du comte de Wacqueu, au Conseil Privé (en français). — Avis du Grand Conseil (13 juillet 1699).

45. Requête de J. Reyns, prêtre, contre J. de Trefrize, adressée au Conseil Privé (en français).

46. Requête des enfants du baron de Hosden au Conseil privé (en français); 10 septembre 1696. — Avis du Grand Conseil (en français), 19 septembre 1699.

47 Requête de Marie Bolle au Roi (en flamand). — Avis du Conseil de

Flandres (en français), 12 décembre 1690. — Avis du Grand Conseil (en français), 2 avril 1691.

48. Requête de J.-J. de Calvart au Roi (en flamand). — Avis du Grand Conseil (12 novembre 1691); en français.

49. Requête au Roi présentée par la Comtesse Douairière de Boussu, princesse de Chimay (en français). — Avis du Grand Conseil (en français), 14 avril 1696.

50. Requête au Roi présentée par le Duc de Bisaccia (en français). — Avis du Grand Conseil (en français), 19 mars 1696.

51. Requête du Duc de Bisaccia. — Avis du Grand Conseil (en français) 21 février 1697. — Avis en faveur du Duc (en français). — Lettre d'advertence du Roi (en français), 6 mai 1697.

52. Requête de l'archevêque de Malines et du Chapitre métropolitain (en français). — Avis du Grand Conseil (en français), 10 septembre 1697.

53. Requête des députés des villes du pays d'Alost (en flamand). — Avis du Grand Conseil (en français), 24 décembre 1698.

54. Requête de F. de Sinnisdach seigneur de Noluwe, etc. (en français). — Avis du Grand Conseil (en français), 14 juin 1698.

55. Consultation donnée à Gand le 9 octobre 1706, signée de Smidt, etc. (concernant une hypothèque sur la seigneurie d'Autmoreghem).

56. Consultation donnée à Gand, le 27 septembre 1707, signée de Smidt.

57. Consultations données : 1° à Bruges, le 4 novembre 1704 ; — 2° à Gand, 17 novembre 1704, signée de Smidt.

58. Octuplique pour Guillaume de Pachter contre G. Renckens.

59. Consultation donnée dans le procès criminel de P. Wierincx, signée Bossier, etc. (original). — Gand, 12 octobre 1621.

60. Consultation dans le procès criminel de P. Lefau (Gand, 20 octobre 1621), signée Bossier, etc.

61. Requête de J. Aersens au Conseil de Flandres contre A. van Hulthem. — Sentence des Échevins de Parchons de Gand dans cette affaire (20 décembre 1684). — Contrat de mariage de A. van Hulthem et de Marie Coosmans (25 mai 1657). — Consultations données : 1° à Malines, le 30 septembre 1684, signée P. Heyaerts ; — 2° à Malines, le 29 septembre 1684, signée Benricy.

62. Consultation donnée à Gand, le 21 décembre 1694, signée de Smidt, etc.

63. Consultation dans le différend entre les hoirs J. Gœthals et Marguerite Bossuyt, signée de Smidt (Gand, 18 septembre 1707).

64. Consultation donnée à Gand, le 10 avril 1707, signée van der Vynckt.

65. Consultation dans le procès entre J. van Linden et J. Craeyens contre les hoirs J. Alegambe (Gand, 15 février 1700), signée Bonne.

66. Consultation sur les droits à percevoir par le seigneur du fief de Wulverghem (châtelenie de Courtrai), donnée à Gand le 39 octobre 1706.

67. Consultation donnée à Gand, le 8 octobre 1705, signée Bonne, etc.

68. Consultation sur le testament du président Rose (Malines, 4 novembre 1702), signée van Milande.

69. (En latin). Consultation donnée à Louvain, octobre 1683, signée Layens, etc.

70. Consultation sur la succession de J. de la Faille, baron de Nevele (Gand, 3 janvier 1674), signée van Putthem, etc.

71. Consultation donnée à Gand, le 2 novembre 1619, signée Bossier, etc.

72. Notices sur le droit de « retrait » (procès entre M. de la Faille et ses hoirs d'un côté, R. van den Bossche de l'autre).

73. Sentence des Échevins d'Ypres dans le procès entre les hoirs de C. Norier et C. van de Walle (14 octobre 1679). — Consultation (Gand, 15 décembre 1679), signée de Smidt.

74. Requête pour Girardine Eggheryck.

75. (En latin). Notice sur le procès entre L. de Gueldere, prêtre, et la veuve Pardieu.

76. Consultation sur un acte de mariage (Gand, 4 octobre 1681), signée van Hane.

77. Consultation sur un acte de donation passé par Marie de Muytere, femme de Witte (Gand, 10 octobre 1676), signée van Huele.

78. Consultations sur la donation faite en 1666 par Anne Steenlant, femme van Hove (1° Gand, 7 juillet 1672, signée Peeters, etc. ; — 2° signée Borry, sans date).

79. (En latin.) Notice sur le procès entre P. Claeyssens et J. de Richebourg.

80. Avertissement pour G. de Wadripont, contre C. de Wadripont, seigneur de Basseghem (vers 1689). — Cf. vol. V. n° 15.

81. Sur la confiscation des biens de C. de Cockere (1657).

82. (En français) Consultation donnée à Gand, signée de Smidt, etc. (26 avril 1706).

83. Consultation donnée à Gand, signée van den Hane, etc. (29 juillet 1680, en français). — Autre consultation sur le même point de droit, en flamand, (Gand 8 août 1680), signée Ameye. — Consultation sur le même sujet, (en français, Gand 19 août 1680), signée de Smidt.

84. Sur l'affaire de Livin Valcke (sans date).

85. Requête au Conseil de Flandres, présentée par J. Leensoom, curé à Meteren, contre l'évêque d'Ypres, avec apostille du 21 mars 1668. — Requête du même au Conseil de Flandres (même affaire) avec apostille du 30 avril 1666. — Requête du même, du 24 avril 1666. — Procès-verbal dans cette affaire, (22 avril 1666, signé Beyden). — Requête de J. Leensoom au Conseil de Flandres avec apostille du 26 juin 1666.

86. Avertissement pour la douairière van Heckere, contre la veuve van Altsteyn. — Sentence du Conseil de Flandres, 24 février 1688.

87. Avertissement pour L. van Hecke et consorts, contre M. Boene.

88. Avertissement pour L. van Hecke, contre J. Pauwels.

89. Consultation donnée à Gand, 21 février 1675, signée van de Voorde, et confirmée à Anvers le 22 février 1675, signée Parmentier.

90. Consultation, Gand 26 avril 1674, signée van den Hane, Borry.

91. Consultation, donnée à Gand le 21 juillet 1681, signée van den Hane.

92. Motif de droits pour l'évêque de Gand, contre J. Stalins.

93. Consultation sur le sens du Placard du 13 août 1654 (en français) Gand, 14 décembre 1704.

94. Requête du Magistrat d'Ypres aux Échevins de Parchons de Gand (14 janvier 1706), touchant l'état juridique des pays passés à la Couronne de France, depuis la paix de Nimègue.

95. Avertissement pour Anne-Marie Legghe contre la veuve Dierick (1705). — Procès-verbal dans cette affaire (20 juillet 1705). — Sentence des Échevins de la Keure de Gand (24 juillet 1705).

96. Sur l'interprétation de l'article 8 et 9 du titre 24 de la coutume de Bruges (1er juin 1705), signé Timbry, etc.

97. Points d'office dans le procès entre A. Roothaese, et J. van der Haeghe. — Requête de J. van der Haeghe (19 février 1678). — Avertissement pour A. Roothaese, contre J. van der Haeghe. — Requête de J. van der Haeghe au Conseil de Flandres, avec apostille du 25 mai 1682. — Avertissement pour J. van der Haeghe, contre B. Roothaese.

98. Consultation donnée à Gand, le 13 mai 1704, signée de Smidt.

99. Consultation donnée à Gand, le 28 mars 1664, signée van Huelle, au sujet d'un contrat de vente entre J. Osselaere et P. de Meulenaere.

100. Motif de droit pour la douairière de Courière, contre G. Behaeghe.

101. Consultation relative à la succession de la veuve Libouton, Bruges, 18 mars 1705, signée A. de Megere.

102. Question relative à la succession de Louise Salemon, morte dans la maison du Saint-Esprit, à Bruges (sans date.)

103. Consultation donnée le 22 août 1703, signée Sylenbat.

104. Consultation donnée à Gand, 9 octobre 1705, signé de Hont, etc.

105. Consultation dans le procès pendant au Conseil Privé entre le Conseiller fiscal et la province de Flandres (Gand, 21 mars 1698), signée de Smidt.

106. Consultation sur le testament de G. Petit (Gand 5 août 1705), signée de Smidt, etc.

107. Consultation dans le procès criminel de W. Fransman (Gand, 9 septembre 1621), signée Haren, etc.

108. Consultation donnée à Gand, le 16 novembre 1663, signée van den Hane.

109. Consultation sur les frais de procès à payer par J. van Langermersch (?) (Gand 15 avril 1678), signée Parmentier.

110. Consultations sur le contrat de mariage de J. Clarebaut et Adrienne Baert, 1° Gand 21 juin 1645, signée Musaert, etc. — 2° Gand 23 juin 1645, signée van Horen, etc. — 3° Gand 26 juin 1645, signée van Hautte, etc.

111. Instruction dans le procès entre dame A. de Gros, veuve A. Delens et le baron de Courières (en français).

112. Consultations sur la succession de C. de Gros. — 1° Courtray, 1er septembre 1681, signée Brakelman. — 2° Gand, 20 septembre 1621, signée van Putthem, etc.

113. Consultations. 1° Gand 4 mai 1670, signée de Koninck ; 2° Gand 5 mai 1670, signée van der Heyden, etc. ; 3° Gand 3 mai 1670, signée de Grave ; 4° 6 mai 1670, signée de Pouillon.

114. Extrait des résolutions du Vieubourg, de l'an 1604.

115. Consultation dans le procès entre A. Florent et F. Cornelis (15 janvier 1660).

116. Résumé des points en litige entre l'abbesse de Oostekeloo et F. Herwyn.

117. Consultation (sans lieu ni date).

117 *bis*. (A la suite de la table). Avertissement pour L. van Hecke, contre M. Boene (cf. n° 87).

Volume V (Néerl. 9).

1. Consultation sur les charges à payer par les curés de campagne (Gand, 30 janvier 1697), signée de Smidt, etc.

2. Consultation en matière de droit féodal (Gand 15 novembre 1671), signée Delrio, etc.

3. Consultation donnée à Gand, le 21 mai 1641, signée de Cruyssere, etc.

4. Avertissement pour le bailli et les gens tenants du château du Vieubourg de Gand contre les *pointeurs* de la ville de Nevele (1700, original).

5. Avertissement pour Jean de Velare à Menin, contre Charles Leghez à Lille (1704). En français ; imprimé.

6. Consultation en matière de droit féodal (en français), donnée à Gand le 29 août 1729, signée de Smidt.

7. Consultation dans un procès entre l'abbé de Saint-Pierre de Gand et le *dijkgraaf* du Clara Polder, devant le Conseil de Flandres, (Middelbourg, 4 janvier 1711), signé D. Vincentius, etc.

8. Avertissement pour J. de Masin, seigneur de Boesynghe, contre Julienne de Mol (imprimé ; jointe la copie de la Sentence du Grand Conseil, 13 avril 1676.)

9. Requête signée A. van Kerrenbroecke. En français.

10. Consultations données 1° à Gand, 22 janvier 1705, signée J. de Smidt, etc. — 2° à Ypres 24 décembre 1704, signée Walwein. — Réponse pour J de Kockelfing, contre J. Lauwe, devant le baillage d'Ypres (copie). — Griefs et moyens d'appel pour J. Lauwe, contre de Kockelfingh (en français ; 1705).

11. Sur le procès entre J. de Munck, prêtre, et F. J. Bosselaer, prêtre (1713).

12. Consultation dans le procès entre P. van Voucke et J. de Backere (Gand 25 août 1712), signée Tavernier. — Sentence des Échevins de Parchons à Gand (1712) ; confirmation du Conseil de Flandres (1714) et du Grand Conseil (1716).

13. Consultation donnée à Gand, le 15 février 1706, signée Smidt.

14. Consultation donnée à Gand, le 9 avril 1707, signée van der Vynckt.

15. Avertissement pour J. G. de Waudripont, contre C. de Waudripont (1689). — Cf. vol. IV, n° 80.

16. Avertissement pour J. G. de Wadripont, contre Ch. de Wadripont, en appel.

17. Consultation dans le procès pendant devant le Grand Conseil, entre C. S. tot Sotteghem et l'évêque de Sens. — Gand, 6 février 1702, signée Bonne.

18. Lettre des Bourgmestres et Échevins d'Anvers, constatant un point de la Coutume (sans date).

19. Consultation signée R. de Smidt, donnée à Gand le 2 mai 1709 (en français). — Arrêt précédemment rendu par le Conseil de Flandres, conforme à cette conclusion (17 mars 1685).

20. Consultation en matière de droit féodal. (En français, sans date).

21. Requêtes aux Échevins de la Keure de Gand, adressées par le bailli de la ville d'une part, par les créditeurs de J. Martens et J. Hudson de l'autre. — Consultation dans cette affaire, donnée à Gand, 23 août 1713, signée Rouske, etc.

22. Consultation dans le procès entre Anne C. van Kilsdonck et J. van Overloop, Gand 25 février 1710, signé Scheppere, etc.

23. Consultation donnée à Gand, le 11 août 1710, signée Tavernier.

24. Avertissement pour J. van Kisseghem, contre N. Leblon (1704).

25. Remarques de fait et de droit pour le procès entre L. C. de Méan et Charles de Hellyn (imprimé ; en français ; Gand 12 octobre 1688). — Copie de la Sentence du Conseil de Flandres du 21 octobre 1690.

26. Consultation donnée à Gand, le 6 juillet 1707, concernant le partage des biens de G. de la Deuse, mort en 1669.

27. Avertissement pour J. de Backere, contre A. de Berlaques (1711).

28. Consultation donnée à Gand, le 18 août 1687, signée de Smidt, etc. — Acte de donation fait par la veuve Cruyl (Gand 12 septembre 1686), et deux consultations concernant cet acte, 1° Gand 7 mai 1687, signée Lunnander, etc., 2° Gand 9 mai 1687, signée Ameye.

29. Copie du tarif de l'officier criminel de Gand, (27 octobre 1598).

30. Consultation donnée à Gand, le 1er mai 1707, signée du Laury.

31. Consultation donnée à Gand, le 23 septembre 1712, signée De Smidt et Tavernier.

32. Avertissement pour la veuve de Th. du Bosquel, contre P. van Damme (1693).

33. Réplique pour G. van Alstyn contre J. van Hecke.

34. Extrait des comptes du Procureur des Echevins de la Keure avec Consultation, concernant ce compte (Gand 20 mars 1710), signée Privolt (?), etc.

35. (En français) Rescription du Conseil Provincial de Namur au Conseil Privé (4 décembre 1682) et réponse du Conseil Privé concernant l'interprétation de l'Edit Perpétuel de 1611 (Bruxelles 1611).

36. Nouvel avertissement pour les Échevins et la paroisse d'Evergbem et ceux de Sleydinghe contre J. W. de Paye et consorts (1685).

37. Avertissement pour le Bailli et hommes tenants du château de Vieubourg de Gand, contre P. van Ackere, devant le Conseil de Flandres (1699).

38. Consultation donnée à Gand le 20 septembre 1709, signée de Smidt.

39. Consultation donnée à Gand le 23 janvier 1672, signée van den Hane.

40. Avertissement pour la veuve de L. Ayon contre A. Ayon et consorts (sans date).

41. Sentence des Échevins de Parchons de Gand, dans le procès entre C. Borluut, seigneur de Schoonbergen, et Marie le Prevost, douairière Borluut (juillet 1665). — Consultation donnée le 17 octobre 1657, signée van der Heyden.

42. Consultation relative au fief de Somerghem (sans date). — Consultations données à Gand, le 20 octobre 1664, le 6 juillet 1665, le 29 juillet 1665.

43. Avertissement pour J. de Knuyt contre G. de Knuyt. — Consultation relative à la succcession de G. Dryenbrugghe.

44. Donation faite par G. van de Meer, chanoine et par sa sœur (10 mai 1664).

45. Consultation donnée à Gand, le 3 juillet, signée van der Heyden, etc. (sur l'acte de mariage de L. van Wittenberghe). — Consultation dans l'affaire de O. Piers, signée Parmentier, etc.

46. Consultation relative à l'acte de mariage de L. van Wittenberghe, Gand, 3 juillet 1664, signée Parmentier, etc.

47. Avertissement pour N. G. Lermont, contre P. van de Walle (entre 1677 et 1680). Imprimé.

XVIIe-XVIIIe siècles. — Papier. — 320 sur 210 millim. — 642-545-488-365 feuillets. — Supp. franç. 4777 1-4.

10. Recueil de dessins d'antiquités trouvées dans l'île de Walcheren.

Titre : « Auriacus Ovans, ofte Outheden, gevonden aende Duynen, ontrent de stadt Domburch, aenkomende zyne Hoogheyt den heer Prince van Orangen. Gelegen in den Eyland van Walcheren, 1647. Vuytgeteyckent door Mr Hendryck van Schuylenburch, schilder en glasschryver binnnen Middelburch. »

Recueil de dessins exécutés par Hendrik van Schuylenburch, représentant des antiquités trouvées près de Domburch (île de Walcheren, Zéelande). — Fol. 2-9 contiennent sur le recto de chaque feuillet, des dessins à la plume avec une courte description et indication des dimensions, en hollandais. Le verso de chaque feuillet est vide.

Fol. 10 vide. — Fol. 11, 12, lettre de Saumaise à Constantyn Huyghens, seigneur de Zuilichem, secrétaire du prince d'Orange, relative à ces antiquités. (Leyde 24 février 1647) (Publiée dans le Journal des Beaux-Arts de Siret, 1863).

XVIIe siècle. — Papier. — 12 feuillets. — 330 sur 2'10 millim. Supp. franç. 1059.

11. Pouillé de l'abbaye de Bourbourg (Brucbeurch). — Début : « Ter abbedien van brucbeurch. Hier na volghen rechten, wetten, juridicien ende eruacht .. toe behorende der abdie van broucbeurch de welcke ghe.... tiert ende ghefondeert zyn by princheleken ghiften. » Fin : (fol. 226 :) « Some van den lande XXXVII m. Belopt in ghelde V lb. XI s. » —

Ms paginé, avec *signatures* et *réclames*. — Il est possible que fol. 64, 65 manquent, à juger d'après la pagination. — (La signature e 20 se trouve fol. 63; fol. 66 qui suit a la signature f. 1 ; — les réclames de fol. 63 et 66 correspondent). — Fol. 221 manque (comme le démontrent pagination, réclame et signature) — fol. 5, 21-25, 219, 220 sont vides. — Sur une feuille de garde et fol. 210, 219 on a inséré 4 chartes (dont une en français) des années 1534, 1535, 1537. — Entre fol. 25 et 26 on a inséré 2 feuillets.

Division : « Rechten, wetten, juridicien » etc. fol. 1. — « Manscepen » fol. 11 (pièce française fol. 18). — « Beneficien » fol. 19. — « Tienden » fol. 20.— « Renten ende assignementen » fol. 26.

XVe siècle. — Papier. — 226 feuillets. — 280 sur 190 millim. — Suppl. français $\frac{2457}{1}$

12. Pouillé de l'abbaye de Saint-Winock, à Bergues (Département du Nord). — fol. 1. « Register, inhoudende alle beghoedinghe toebehoorende tclooster van Ste-Winnock binnen Berghen, als huisen, meulens, lanen ende landen. — Alhier in dit register by anderen geheeten stellen by Damp Jehan le Roy, abt van den voornoemden Cloostre. — Fin (fol. 653) : Heerlycke rechten dependerende van de heerlychede van..... (effacé).

Inventaire classé géographiquement ; en premier lieu viennent les droits, possessions, etc. de l'abbaye à Bergues ; puis les possessions situées hors de la ville, classées selon les paroisses. — A droite de chaque page, l'inventaire ; à gauche, en face des articles, se trouvent des remarques, des renvois à d'autres registres de l'abbaye, etc., écrites d'une autre main. — Souvent des feuilles foliotées ont été laissées vides. Entre les feuilles foliotées se trouvent insérées en plusieurs endroits des feuilles non chiffrées, elles semblent avoir été ajoutées plus tard, l'écriture diffère de celle de l'inventaire. De même, 22 feuillets non foliotés ont été ajoutés à la fin. — Sur le feuillet de garde, le chiffre 1575. — Comme le fait remarquer une note moderne sur la feuille de garde, c'est à tort qu'on a placé au dos l'indication « Abbaye de Beauxbourg 2 » comme si le ms. faisait suite au n^{0} 11. La méprise provient probablement de ce que les deux registres ont fait partie d'une collection de cartulaires, envoyée à Paris par le département du Nord, comme il semble résulter d'indications sur les feuilles de garde.

XVIe siècle. — Papier. — 330 sur 200 millim. — 631 + 22 + 48 feuillets. — Suppl. franç. 2457 $^{1-2}$.

13. Recueil des comptes des Comtes de Hollande, du commencement du XVe siècle.

Volume composé de deux parties distinctes :

1° Fol. 1-20 ms. du XVe siècle sur parchemin ; par une erreur de reliure, fol. 1-12 sont placés après fol. 13-20.— Début (fol. 1), Dit is dat Jan van Yselsteyn ende Jonge floriis van *der* tol ontfaen hebben ... omme den coste van der coken mede te betalen... anno cccc ende een. — fol. 14 ; « Dit is die *prouenteering* van *der* coken.» — Fin (fol. 20) « *Summa* van*der* *coken* voer*seid* sonder *prouanteering* binne*n* VII dage*n* XVII lb. XI d. gr.»

2° Ms. Au XVIIe siècle sur papier. — *A* fol. 21-24. « Copien van extracten getrocken uyt de Rekeningen » ... Fin (fol. 22) « daer hij van verteerde mits cost » ... (fol. 23-24 en blanc). C'est une copie inachevée des pièces sub. B.»

B. « Copie van Extracten getrocken uyt vijff Reeckeningen gehouden ende gedaen » etc. (fol. 25). — Fin fol. 35 : attestation de copie conforme signée Jacob Verney *nots. subs.* 1618.

Sur la feuille de garde du ms. sub. 1°, note de Adrien Westphalen (1684), attestant que le ms provient de sa famille.

XVe et XVIIe siècle. — Parchemin et papier. — 35 + 3 feuillets. — 295 sur 210 millim. — Suppl. franç. 4224.

14. Chronique de Bruges. — Titre : Mémoire van hetgone voorgevallen is, binen Brugghe, als in de omliggende plaetsen van Vlaenderen ... van 346 tot ende met 1675 ... door Jo^{r} hendrick Joseph Vleys, Heere van Ten Doele. — En face de fol. 1, le portrait gravé du chanoine van der Stricht (Gand 1741) — Chronique fol. 1-55; fol. 56 : Institutie van de Bogaerde schole. — Fol. 60-75 : Serments prononcés par le magistrat de Bruges. — Fol. 76, fin : Liste des villes qui suivent la coutume de Bruges. — Notes archéologiques et juridiques. — A la suite de fol. 81 se trouve un portrait à l'aquarelle, représentant un officier en costume du XVIIIe siècle. — Voir sur ce ms. Gachart o. c. I, 454.

XVIIe siècle. — 78 + 3 feuillets. — 260 sur 200 millim. — Suppl. franç. 4229.

15. Recueil de pièces concernant la famille de la Gruithuize, et la ville de Bruges.

Le ms. se compose de trois parties : 1° fol. 1-79, foliotés en chiffres romains, — 2° 10 feuillets non foliotés, — 3° 29 feuillets foliotés en chiffres arabes, (1-29).

1° Fol ; « Dit syn de leenen » — Liste des fiefs tenus par le seigneur de la Gruithuize du Comte de Flandres. — Fol. 2 verso. Liste des vassaux du seigneur de la Gruithuize. — Fol. 3. Chartes concernant le privilège de la *grute* que possédait le seigneur de la Gruithuize (1341, 1371, 1380, 1394). — Fol. 14. Taux de commission sur les marchandises (Taux wat men ghecostemeert es te gheuen van makelaerdien). — Fol. 19 v°. Keure sur la bière. — Fol. 25. Acte de mariage de Jean de la Derrière et de Dingene de Cretons. — Fol. 26 v°. Traité de droit féodal (se retrouve néerl. n° 5 fol. 30 ; il y a des différences de rédaction). — Fol. 56. Coutume de Bruges (Dit naer volghende es dewettelichede van der steede van Brugghe). — Fin (fol. 79 v°) : « Explicit. Anno 1523 septembre 19.»

2° 10 feuillets sans foliotation. — Charte (en français) de Charles Quint, nommant un bailli d'Ostende (1519). Édit du même contre les juridictions ecclésiastiques (en flamand, Gand 2 décembre 1522). — Charte du même (en français) sur le privilège de la *grute* (Malines 29 mai 1515). — Règlement de la procédure à Bruges. (Ter fine dat de poorters ende Inwo*nen*de van der [Stede] van Brugghe, etc.) promulgué par les Échevins le 25 août 1515). — Il doit manquer un feuillet contenant les articles 19-27.—Fin : (fol. 79-8) « Aldus gheteekent ten Jaere ende daghe als bouen ; my present. Ende onderteeckent : Leene. »

Suivent deux feuillets vides.

3° 29 feuillets foliotés en chiffres arabes, contenant les privilèges accordés en 1477 par Marie de Bourgogne.

1° Grand privilège. — 2° Privilège de Flandres (fol. 5). — 3° Privilèges de la ville de Bruges (de fol. 15 jusqu'à fol. 29). — La fin manque ; dernières lignes de fol. 29 v° » wy hebben ghenomen ende ghestelt by desen jeghelycken. »

Sur une feuille de garde on trouve les mentions suivantes :

1° « Desen bouck behoort thoe... [raturé] aery van *der* dyc wonende tot brugghe. — Desen bouck behoort aery van *der* dyck. »

2° « Desen bouck behoort thoe pauwels van der praet wonen*de* met adr*iaen* de moinergy (?) binnen br*ugghe* act*um* desen IIII in meye XV° ende vierenvichtig. »

XVI° siècle. — Papier. — 79 + 10 + 29 feuillets. — 275 sur 205 millim. Supp. ranç. 5228.

16. Recueil de phrases françaises, (dialecte picard) avec traduction flamande en regard. Début.

AU nom du	IN den name des
pere du fil	vaders. des soens
Et du saint	Ende des helichs
esperit. voel	gheests. Wil
iou *commen*chier	ic beghinnen
Et ordener	Ende ordineren
un liure	eenen bouc
Par le quel on porra	Biden welken men sal moghe*n*
Raisonnablement entendre	Rediliken verstaen
Rommans et flamenc	Walsch ende vlaemsch.

Les phrases sont disposées en deux colonnes, le français à gauche, le flamand à droite. — Chaque page contient 38 phrases, chaque phrase n'occupe qu'une ligne — Fol. 1 lettre ornée.

Publié par M. Michelant (Le livre des métiers. Paris 1874). L'auteur a lui-même appelé son livre ainsi : (fol 24 verso).

Chest liure sera no*m*meis	Desen bouck werd geheeten.
Le livre des mestiers	De bouck van den ambachten.

Voir sur ce titre, ainsi que sur la date et la ville où ce manuel a été composé, la préface de M. Michelant. — Fin :

Et tous nos amis amen. Ende alle onse vrienden amen.

XIVe siècle. — Parchemin. — 24 feuillets. — 282 sur 180 millim. — Ancien fonds. $\frac{7593}{5}$ Colbert 2497.

17. Journal de l'expédition envoyée aux Indes Occidentales en 1628. — Début : « Journael by my benedyctys gertz stierman opt schip herlem, 1628. » — Fin : (fol. 207) » ... om dat het by ghebreck van leeg waeter was. »

Journal tenu du 3 mai au 17 novembre 1628, sur le vaisseau « Haerlem. » Le ms. doit être la minute écrite à bord même du vaisseau. — En marge, des notes en hollandais et en français, de mains différentes. Une indication en latin sur le contenu du journal, semble de la même main que les notes en français.

C'est pendant cette expédition qu'eut lieu la capture des galions espagnols retour d'Amérique et richement chargés (1); cet évènement eut un grand retentissement, et ce fut probablement pour avoir des renseignements authentiques qu'un savant français, peut-être Thévenot, voulut obtenir un des journaux tenus pendant le voyage.

XVIIe siècle. — Papier. — 31 feuillets dont 11 vides. — 320 sur 220 millim (Ancien fonds. $\frac{10272}{2}$

18. Recueil de problèmes et de traités mathématiques. — Titre : « Arithmetica. Benedictus Bahnsen Eydora Frisius $\frac{25}{15}$ Juny Anno M. DC. XVII. »

Recueil de problèmes tirés des traités de Wilckens, N. Petri de Deventer, L. van Keulen, Bartjes, Belot, J. Weber (en allemand) ; début d'un traité de cosmographie de Robert Robertzoon (f. 125) ; traité de perspective (inachevé), fol. 172; Traduction des livres VII-IX d'Euclide fol. 172 ss) ; — fol. 198-208, sont blancs ; fol. 214, fin : « ende het gedeelde getael. »

XVIIe Siècle. — Papier. — 214 feuillets, — 320 sur 210 millim. — Suppl. franç. 941.

19. Description des tableaux de la cathédrale d'Anvers, et notices sur les peintres. — Titre : « Beschryvinghe van alle de Autaerstucken... inde cathedrale ... tot Antwerpen Mitsgaeders een kort begrip der levens vande Schilders.» — Le mss. est distingué en deux parties qui diffèrent par la pagination. — En tête, sur une feuille non paginée, la dédicace en latin au chanoine Ullens.

1° p. 1-66. Description des tableaux, suivant l'ordre des chapelles où ils se trouvent. (Inventaris... opghesthelt door der heer Michael Moens, p. 2). — La page à gauche contient les descriptions ; celle de la droite les notes. — Cette description a été rédigée dans la première moitié du dix-huitième siècle ; voir p. 8, 36.

2° p. 1-118. Notes sur les vies des peintres ; compilation faite surtout d'après

(1) Comparer Netscher, les Hollandais au Brésil, p. 33 (La Haye, 1853).

De Pilles (Paris, 1715). — Suivent 7 feuillets non paginés, où se trouvent quelques notes.

XVIIIe siècle. — Papier. — 66 + 118 + 14 pages. — 330 sur 210 milli. — Suppl. franç. 4511.

20-22. Recueil de pièces de vers, de lettres, etc. relatives à un concours de poésie française et flamande, ouvert par la Chambre de S.-Catherine à Alost, en 1807 (la première pièce est du 26 novembre 1807, la dernière du 24 février 1810). — Titre : « Rhetorica ofte Verzaemelinge van Brieven, Andwoorden, Dichten, Jaerschriften van eenige leden der Maetschappie van de h. Catharina in... Aelst... ter gelegentheyt van verscheyde eerpenningen aen hun gejond door J.-B. Dienberghe, Priester ende Proost van het Konstgenootschap... onder titel *kunst en eendragt*... binnen de stad Brugge ».

Vol. I. Titre. — Tafel van de stukken van 't I[e] Deel (fol. A. B.) — 3 feuilles vides — page 1. Aen de heeren Liefhebbers etc...... Fin (p. 287). V. E. D. W. en onderdaenigen Dienaer C. Broeckaert (287 pages).

Vol. II. — Titre et table fol. A-G, 3 feuillets vides. — P. 1 : « Hekeldicht, etc. » — Fin (p. 308) : « het gedrag van tegen party ten zynen opzichte. »

Vol. III. — Titre et table, 6 pages. Un feuillet vide. — p. 1 : « Adres : aen der eerw. heer, etc. » — Pages 305-312 vides, 313-324 notice généalogique sur la famille de Heere (cf. vol. III, p. 245, 247, 269); — page 325, lettre du maire de Bruges aux « Catherinistes » d'Alost, signée C. de Croeser; — page 327 — 336 vides.

Ces volumes qui ont appartenu à J.-B. Dienberghe (titre au dosdes volumes : Rhetorica. Aelst. Dienberghe) et qui ont probablement été copiés de sa main, ont fait partie d'une collection plus grande dont font partie n°s 23, 24 décrits plus bas et comprenant probablement toutes les chambres de la Belgique avec lesquelles Dienberghe était en relation. Le Ier volume d'une collection semblable relative aux chambres de Bruges est cité vol. III, p. 5, 16, 17, 71 (1).

Quoique contenant beaucoup de choses sans valeur littéraire, la collection est pourtant intéressante pour l'étude des mœurs et de la litérature en Belgique à cette époque. On y voit quel était le mouvement flamand; quelle était l'influence de la Hollande et des littératures étrangères sur ce mouvement (voir particulièrement le catalogue des livres du libraire Sacré à Alost, I, p. 174 ss.); quelle était l'attitude du gouvernement français à l'égard des Chambres de rhétorique (voir 105, 228; III, 239, 325). — En outre on y trouve parfois des notices généalogiques et archéologiques, des documents sur l'histoire de l'art (portrait gravé du baron de Croeser, par J. Alaert d'après Vander Donckt, III, 221). — Nous ajouterons un index alphabétique des noms des personnes qui sont les auteurs des pièces ou à qui elles sont adressées.

Achte (van), à Gand, I 78, 110, 111, 120.

Allaert (J.), graveur à Bruges, III, 218, 221.

---

(1) Ces renvois correspondent à N° 24.

Bast (M.-J. de), à Gand, I, 99, 103.
Bogaerde (G. van der), à Bruges, II, 158.
Borggraeve, à Wakken, III 249.
Bosch (J. opden), à Opwyk, I, 157.
Bossche (van der), à Alost, II, 134, 224.
Broglie (de), évêque de Gand, II, 115.
Caju (de), III, 114, 123.
Clerck (J.-B. de), à Denderwindeke, II, 82 et passim.
Collin, à Louvain, III, 57.
Coudren (J.-J.), II, 293.
Dienberghe (J.-B.), à Bruges, I, 15 et passim.
Donckt, (van der), III, 63, 81, 218, 221.
Faipoult, préfet de Gand, I, 228.
François de Neufchâteau, à Paris, I, 223; III, 55.
Fonteyne (L), II, 304.
Fransman (J.), à Dendermonde, I, 277.
Gheyn (van der), à Louvain, III, 57.
Gobrecht, à Hazebrouck, III, 157.
Haelen (van), son épitaphe, II, 183.
Henckel, à Alost, III, 114 ss.
Hoffmans (J.-B.), à Alost, I, 19 etc.; III 59, 211, 243.
Hossche (L. d'), à Wakken, III 197.
Kotzebue, I, 164.
Lebreton, à Paris, membre de l'Institut, III, 5.
Lesbroussart, à Gand, III, 252.
Luycx (J.-B.), à Ninove, II, 130, 238.
Mertens (J.-J.), II, 289.
Mette (M. de), II, 296; III, 109.
Meyer (J.-D.), à Amsterdam, III, 291.
Moens (Petronella,), III, 109.
Moor (J. de), II, 79, 132.
Odevaere (J.), à Rome, II, 256.
Pasteels (M.), à Bruxelles, I, 38.
Poel (van der), à Wakken, III, 124, etc.
Rens (A.-J.), à Geeraerdtsbegen, III, 188 ss.
Rogge (P.), I, 214.
Ruddere (de), à Alost, II, 287, 305.
Sacré (J.), à Alost, I, 44, 172.
Scheltema (Jacobus), II, 301, III 245.
Snikt (van der), à Alost, I, 169.
Spanoghe, à Gand, II, 53.
Suvée, directeur de l'École de Rome, son éloge funèbre, III, 5, 13, 21.
Tiberghien, à Gand, I, 99.
Terlinck, I. 205.
Terlinden (R.), à Alost, I, 58; II, 31.

Voghele (F. de), à Bruges, II, 251, 264.
Voorde (D. van de), à Alost, I, 93 165, 273; II, 30, 95.
Vos (D. de), à Alost, I, 193, 257; II, 9, 32; III, 47, 75.
Wallez, à Alost, III 253.

XIXe siècle. — Papier. — 315 sur 180 millim. — Suppl. franç. 4607 (1-3).

23. Collection de programmes de concours poétiques et de pièces envoyées en concours par la Chambre « Myn werk is hemelyk » à Bruges. La collection a été réunie par J.-B. Dienberghe.

Titre : « Rhetorica, ofte gedenk-stukken deszelfs hoofd-Konstgenootschap van rym en reden, onder de zinpreuk : Myn werk is hemelyk. Byeen versaemeld door J.-B. Dienberghe. »

Reliure, papier, dimensions du volume conformes à n° 20-22. — Les pièces ne sont pas signées, mais accompagnées de devises. — Le volume est divisé en onze parties, qui ont chacune une pagination spéciale.

1° (p. 1-38). Programmes de 1691 à 1700 (les réponses manquent). P. 38 — 66 vides.

2° (p. 1-30) Programme pour le 23 mai 1741 avec réponses. — Le sujet était l'incendie récent de la tour de la Halle, à Bruges. Notice sur cette tour p. 19 ss, rédigée par Dienberghe.

3° (p. 1-16) Programme pour le 23 mars 1785 avec réponses.
4° (p. 1-52) » » le 26 décembre 1785, avec réponses.
5° (p. 1-28) » » le 26 décembre 1787, avec réponses.
6° (p. 1-60) » » le 18 octobre 1789, avec réponses.
7° (p. 1-68) » » le 16 octobre 1791, avec réponses
8° (p. 1-68) » » le 26 décembre 1791, avec réponses.
9° (p. 1-14) » » le 5 avril 1792, avec réponses.
10° (p. 1-38) » » le 20 octobre 1793, avec réponses
11° (p. 1-12) » » le 17 avril 1794, avec réponses.

En tête, après le titre, le même portrait du baron de Croeser, qui se trouve N° 22 p. 221 ; suivent 7 feuillets blancs.

XIXe siècle. — Papier. — 424 pages. — 310 sur 18 millim. Supplément franç. $\frac{4607}{4}$

24. Collection de pièces relatives aux chambres de rhétorique de Bruges, Moorseele, Ostende et Yseghem, recueillie par Dienberghe. — Titre : « Rhetorica of gedenk-stukken van deszelfs Koustgenootschappen... « Slaet doog op Christi cruys ». — « Die lyd verwint » binnen *Brugge* — « D'overwinnaers in eendragtigheid » binnen *Yseghem*. — « Wat ryp wat groen komt wysheid voên » binnen *Ostende* ; « Vrede minnaers binnen *Moorseele*. By een verzaemeldt door J. Dienberghe, Proost.» — Table, 4 pages — 5 feuillets blancs. Texte p. 1-298 (1).

(1) Il y a une erreur de pagination : p. 131 a été oubliée, de sorte qu'après p. 130 les chiffres pairs occupent le recto des feuillets.

Les pièces contenues dans ce volume sont de valeur diverse. P. 1-33, documents sur la fondation de la Chambre « Slaet d'oogh op Christi Cruys » (1621) et autres pièces relatives à cette chambre (Collection incomplète, voir la note, p. 33 en bas). La plus grande partie du ms. contient :

1° Programmes de concours des Chambres, avec les réponses.

« Slaet d'oogh op Christi Cruys » à Bruges, pour le 3 avril 1808, p. 61 ; pour le 8 mai 1808, p. 67.

« De drie sanctinnen » à Bruges, pour le 6 décembre 1807, p. 59 (même chambre que « die lydt verwint » nommé sur le titre).

« Cæcilia » à Moorseele, pour le 14 août 1808, p. 95 (même chambre que celle nommée sur le titre).

« Wat ryp wat groen » etc. à Ostende pour le 30 août 1809, p. 188. — « D'overwinnaers » etc. à Yseghem, 15 août 1809.

2° Différentes poésies de circonstance, sans valeur.

3° Correspondance de Dienberghe avec différents personnages ; les principaux sont : de Bast, p. 91 ; van Caster (J.) p. 82 ; Deseyn p. 92 ; Henckel (Th.) p. 238 ; van Huerne, p. 103, 113, 200 ; Luyen, p. 239 , Molo, p. 108 ; Patyn, p. 274 ss; Pianckaert, p. 84 ss ; Rommel, p. 41 ; Terlinck, p. 87. — La lettre de M. Dienberghe à Van Huerne p. 271 est curieuse comme tableau de la Flandre pendant l'expédition des Anglais contre Anvers en 1809.

XIXe siècle. — Papier. — 4 + 10 + 298 pages. — 320 sur 180 millim. — Supplément franç. $\frac{4607}{5}$

25-27. Collection de pièces relatives aux Chambres de Rhétorique de Bruges. — Ces pièces autrefois détachées, et en portefeuilles, forment maintenant trois volumes, intitulés « Poésies flamandes ».

I (25). Collection de réponses aux programmes des Chambres de Bruges. — Titre : « De Brugsche Dichters, ofte versaemeling van helden-versen, en liedekens,... van 1749 tot... 1771. Brugge 1771. ».

F. 1-52, pièces signées de la même devise (*qualis vita finis ita*). — F. 59-94 collection de « Knie-gedichten » ; — fol. 95 à la fin, pièce de circonstance, etc.

106 feuillets. — Suppl. franç. 4635.

II (26). Pas de titre flamand. — Au dos : « Pièces couronnées par la société du St-Esprit (1762-1790.) » — Collection des programmes imprimés des concours de la Chambre du St-Esprit à Bruges, du 21 février 1762 au 17 octobre 1790. Pour quelques années les pièces manquent (1766. 1784-1788) ; quelques pièces sont représentées par deux exemplaires. On a ajouté un programme de 1741, également imprimé.

Au verso des pièces, des poésies, évidemment des brouillons; ce sont le plus souvent des réponses aux programmes, parfois des poésies de circonstance. Quelques réponses sont comprises dans le volume suivant (n° 27, fol. 10 v° se trouve la réponse au programme du St-Esprit, du 26 déc. 1778).

143 feuillets. — Suppl. franç. 4636.

III (27). 1° Programmes imprimés de la Chambre « Slaet d'oog op Christi Cruys » pour les années 1770, 72, 77, 78, 81, 90, 92. Les réponses manquent ; les brouillons écrits au verso ne répondent pas aux programmes. — 2° (fol. 22-34) Poésies de circonstance de la chambre du St-Esprit (imprimé). — 3° Programmes imprimés de la Chambre « De Drie Sanctinnen, » du 20 novembre 1763 au 30 novembre 1883. — Pour les années 1765, 70, 72, 79 les pièces manquent. — Au verso on trouve les brouillons de quelques réponses.

Pas de titre flamand. — Au dos, « Pièces couronnées par les corporations de Rhétorique et des trois Grandes Saintes 1763, 1780 » — 86 feuillets. Supplém. franç. 4637 et 4638.

XVIII° siècle. — Papier. — Format des volumes 360 sur 240 millim.

28. Traduction du commentaire mystique de Richard de Saint-Victor sur le Cantique des Cantiques, — folio 2 « Hier beghint die tafele I. Hoe god ghesocht wart in rusten ». Fin de la table fol. 2 v°. « Hoemen in rusten gode soeket ende van begheerte meerre gracie dat eerste capittel. » fol. 3 texte : » In minen beddeckyn...» Fin fol. 107 recto : « Hier eyndet dit boec ghemackt van meyster richardus die sancto victorie op een deels van cantica canticorum. »

Traduction complète du traité de Richard, avec la division en chapitres conforme à l'édition de Rouen, 1650 ; seul le dernier chapitre (42) du texte original manque dans cette traduction. — Écrit avec soin, initiales ornées. — Voir plus bas n° 30 un autre exemplaire de cette traduction, mentionnée ni chez Jonckbloet (Geschiedenis der Nederl. Letterk II. 3e édit.) ni chez Van Vloten (Verzameling Prozastukken).

Fol. 1 verso se trouve une note (d'une autre main que le ms) : « Dit boec hoert toe die susteren tsinte lucien tamstelredamme biden beghinen ». Cette note n'a pu être écrite que vers 1389, date approximative de la fondation des beguinages d'Amsterdam. (Ter Gouw, Amsterdam, I, 351). — Le couvent des Sœurs de Ste-Lucie existait en 1435. (o. c. II, 324).

XVe siècle. - Parchemin. — 107 feuillets — 220 sur 153, millim. — Ancien fonds franç. 735.

29. Livre d'heures. — Fol. 1-12 calendrier (début fol. 1 : « Januarius heeft XXXI daghe »). — Fin : » Siluester paeus ». — Les premiers feuillets manquent (fol. 13 r: «.... licke syn, want die heer en verdriuet niet ». Fin, fol. 110 r : « O milde soete moeder maria. Amen. Ave Maria.» — Écrit avec soin ; des encadrements élégants signalent les subdivisions (f° 21 v° « die laudes Deus in adiutorium » — f° 31 r. « ad primam » — f° 35 r. « ad tertiam » — f° 38 r. « ad sextam » — f° 42 r. « ad nonam » — f° 45 v. « ad vesperam » — f° 52 v° « ad completorium » — f° 58, « hier beghint die seuen psalm » — f° 79 « hier beghint die corte vigelie » — F° 78 en blanc.

D'après les saints nommés dans le calendrier, ce ms. provenait du diocèse d'Utrecht.

Sur la feuille 111 on trouve la devise : CONSTANT V

XVe siècle. — Parchemin — 111 feuillets — 180 sur 130 millim. — Suppl. franç. 1882.

30. Autre copie de la traduction du Commentaire de Richard de Saint-Victor sur le Cantique des Cantiques (voir plus haut n° 28). — fol. 3. « Hier Beghynt Die tafele der capittelen meister richardus van sunte victoer op cantica canticorum ». — Table, fol. 4. — Texte fol. 5: « Dat irste capittel. In minen beddeke ». — Fin (fol. 123 v°) : « Com na den arbeid en den striden. Jhesus Maria si mit ons int beghinne ende int ynde, AMEN. Explicit cantica canticorum Richardus ».

Même traduction que sub. n° 28 ; le dernier chapitre du texte latin manque ici également. Il y a des fautes qui ne sont pas dans n° 28, voir par exemple le passage sur l'ange du Paradis (n° 28, fol. 106, verso col b. ; n° 30 fol. 123 recto col. a).

Provient de la bibliothèque de M. Thévenot.

XVe siècle. — Parchemin. — 123 feuillets. — 240 sur 160 millim. — Ancien fonds franç. $\frac{8175}{2}$

31. Ms. contenant deux ouvrages différents.

1° Traduction de la « Somme le Roi ». — Fol. 1 r. « Dit boec is gheheten die conincs somme ; » — fin (fol. 72 v°) « Hier eyndet die conincs somme god sie ghebendyt in ewicheit amen. Bidder doch voer den scriuer om gode wille. » — Traduction du livre du Frère Laurent par Johan van Rode (1).

Voir Jonckbloet, ouvrage cité, II p. 387. Traduction imprimée en 1478 et plusieurs fois dans la suite (Campbell, Annales, p. 463).

2° (écrit d'une autre main que la première partie du ms.) — Traduction du « Solatium ludi schacorum », de Jacobus de Cessolis. — Début (fol. 73 r.) « Siet an die scepen formen ende neemt genuct wt den meister. » — La fin manque : fol. 168) ; « ... seide die heere : ic wils v niet verdraghen. Ende altehent dede hi... » Entre fol. 80 et 81 il y a une lacune. —

Voir Jonckbloet, o. c. II, p. 388. Traduction imprimée en 1479. Voir Campbell, Annales, p, 117.

XVe siècle. — Parchemin et papier — 168 feuillets. — 182 sur 135 millim. — Ancien fonds franç. $\frac{8176}{2}$

32. Recueil de traités de dévotion. — La table écrite d'une autre main que le ms. se trouve fol. 1 verso

(1) C'est l'indication des meilleurs mss (Van Vloten, Verzameling van Nederl Prozastukken, Leiden 1851. p. 150). Un autre ms. de cette traduction est décrit plus loin, N° 109. Le N° 31 doit être le ms. mentionné dans l'His. Littér. de la France, t XIX, p. 401.

1° fol. 2 r. — 29 r. — Début : fol. 2. « Onshere sprac tot moyses. — Courtes explications sur le Décalogue, les Conseils des évangiles (« die XII rade der ewangelien ») — les Œuvres de miséricorde — les Péchés capitaux — le *Pater* — les Dons du St-Esprit — les sacrements — la préparation aux Sacrements (« hoe hem die mensche sal oefenen als hy te s icramente sal gaen »). — Fin : fol. 29 : » Des helpe ons die vader ende sone ende de heilege geest. Amen. » — Comparer les textes analogues publiés par van Vloten, o. c. p. 61 ss ; notre texte est moins concis.

2° fol. 29 : « De gaert der minnen dien maecte de ertsche bisscop sente ancelmus. » — Fin (fol. 44 v.) : » glorie ende danc van love ere ende ghebod inde ewecheiden der ewelecheiden ». (Traduction de la IXe Méditation de Saint-Anselme, édition Migne, I, col. 748-761).

3° fol. 45 : « Hier beghinnen sente bernaerts ouerpeisen vander menscheleker catiuicheit ». — Fin (fol. 77 v.) : « mer allessens in allen dattu moghes oppenbaren minlec voer gode ende al den volke. » — Traduction d'un traité souvent attribué à Saint-Bernard (édition Migne, III, col. 485 ss.)

4° fol. 78. « Boenauenture Dat Christus dbegherde endde is. Het es kenlec dat dat ende van allen begherten es de salecheit. » — Fin (fol. 79) : » ende ghebod ouer alle werelde der werelde. Amen. » Traduction d'un traité de Saint-Bonaventure.

5° fol 79. « Sente augustyns waerde vanden scouwene ons heren ihesus christus ofte van den waerde gods dat men den gods sone heeten mach. » Fin (fol. 100) : « contemplacie van hemelsche dinghen dan ertsche veronledinghen. »

6° fol. 100 v. « Een gebed van onser vrouwen. » — Fin : « ghedurende inder ewecheit. Amen. »

7° fol. 101 r. « Dit is die epistele van emsteyn. Alsoe als belouet es inder tot comender tyt onghemeten bliscap. » Fin (fol. 129) : « welcke gauen hi ons moet gheuen die ewich ghebenedy(t) es. Amen. » Une main postérieure a mis en marge : « hier eest wt. » — Epitre provenant du monastère d'Eemstein ?

8° fol. 129. « Wie dat wille een verlicht mensche werden. » — Fin (fol. 132 v.) « ende die daer staen in der gracien gods. » (De l'illumination intérieure).

9° fol. 133. « Letare filia Syon ...... dese woerde spreect onse lieue heere. » — Fin (fol. 168 v) : « die vader ende die sone ende die heileghe gheest. Amen. »

Traité de la préparation à la Confession ; intitulé : « Biechtspieghel » (voir fol. 168 r. « teynde van deser biechtspieghel — Nu wil ic desen biechtspieghel een eynde gheuen). » C'est d'un traité analogue que Moll a tiré les indications sur la sorcellerie, publiées dans les « Studien en Bydragen voor historische theologie, » vol. II, p. 386. — Le passage douteux signalé par Moll se trouve sous cette forme dans notre ms. (fol. 148) : « hebdi gheloue an slanghen of an draken die nachtes wanderen of anden velle of donre. »

Provient du monastère de Groenendael, près de Soignies. — En bas de fol. 2 recto : « Dit boec behort toe den Cloester van Groenedael gheleghen in Zonien. » — Indication analogue fol. 168 v°.

XVe siècle. — Parchemin. — 168 feuillets. — 210 sur 110 millim. — Suppl. franç. 254 ⁴².

33. Recueil de traités de dévotion.

1° Fol. 1. Hier beghint een tractaet vander ghebenedider passien ons ghesontmakers ihesu christi, gheheiten dat speghel der kersten dat heeft XII [l. XIII] artikelen ». — Fin (fol. 128 v°) : « In onsen herten moet altoes syn Christus lyden, op dat wi ons in ewichheit moeten verbliden ». « Lof si der heilger drïeuoldicheit. » — Fol. 129 vide.

2° Fol 130. « Hier begynt die bedidinghe van den pater noster ende is merckelick ». — Fin (fol. 198 v.) : « ende genadich allen creaturen die genade begeren. Amen. » —

3° Fol. 199. « Hier beghynt dat boexken van den inwendigen segeningen gheheiten der brueder spieghel. » — Fin (fol. 265) : « ende hi sal van u vlien dat ons god ouermids synre godlicker gracien verlenen wil. Amen. Lof si der heilgen drieuoldicheit in der ewicheit. ».

Par une faute de foliotation, fol. 255 se trouve deux fois ; par une faute du relieur les feuillets 257 et 264 ont été déplacés.

XVe siècle. — Papier. — 265 feuillets. — 200 sur 135 millim. — Supplément franç. 563.

34. Rédaction en vers néerlandais de la « Défense de la Religion Chrétienne» de H. de Groot.— Texte avec de nombreuses corrections, et des notes marginales qui contiennent le résumé des paragraphes. Chaque livre a une pagination spéciale. (Livre I p. 1-34. — II p. 1-42. — III p. 1-22. — IV p. 1-18. — V p. 1-34. — VI p. 1-14).

Ce ms. n'est pas une copie du texte imprimé (dernière édition, Amsterdam 1844). — Le titre diffère (« Gheloofs Voorberecht » au lieu de « Bewys van den waren Godsdienst). » — Les 12 derniers vers du poëme publié se trouvent dans le ms., mais raturés ; les corrections émanent évidemment de l'auteur, et ont pour but de rendre la versification plus aisée, la pensée plus claire ; parfois un passage contient deux ou trois de ces corrections successives (par exemple livre II p. 8), le plus souvent la correction définitive se retrouve dans l'édition. Des passages qui, dans l'édition imprimée, arrêtent un peu la marche du raisonnement, et semblent des digressions, se retrouvent dans ce ms., mais écrits sur des feuilles spéciales ; évidemment ils ont été insérés après coup et n'ont pas fait partie de la première rédaction du poème(1).—Enfin, on trouve dans le ms. des vers biffés mais parfaitement lisibles, qui ont été supprimés dans les éditions ; ils sont évidemment authentiques, et éclairent parfois la concision un peu obscure du texte. — Cependant les notes marginales et une partie des corrections seulement sont de la main de Grotius ; le texte peut avoir été écrit sous la dictée (voir l. I p. 8) ou être une copie au net de la première rédaction de l'auteur. — Dernier vers (raturé) :

« En denckt, och Heer, het is te Louvestein gemaect. Einde. »

XVIIe siècle. — Papier. — 85 feuillets. — 200 sur 150 millim. — Ancien suppl. français, 571.

---

(1) Par exemple livre I p. 8 (cf. édition p. 7), le morceau sur l'instinct des animaux.

35. Traité de la Passion. — Fol. 1. « Een mensche sal gaern ouerdenken die passien ons heeren ihesu christi dat eerste capittel in dat eerst [boec]. »

Fol. 45. « Hoe een mensche meest mach voertgaen ende gode behaghen. Dat eerste capittel van den anderen boec. »

Fol. 87 v°: « Welc die dinghen syn die den mensche leiden tot rust der contemplacien dat is tot scouwen. Dat eerste part van derde boec. »

Après chapitre X, on insère (fol 116) une prière à la Vierge, (« een ghebet van maria onzer lieuer vrouwen dat ancelmus maecte »), et une méditation sur le « Pater » (fol. 121 v° « Die ghedenckemis opt pater noster »). — Ces deux traités comptent probablement pour chapitre XI et XII de ce livre, car fol. 130 v° on trouve chapitre XIII. — La prière à la Vierge est extraite des « Orationes LI et LII » de S. Anselme (édition Migne, I, col. 950-959.) — Après chapitre XIII on trouve l'en-tête: « Hier na uolghet van den loue maria » — Fol. 145, chapitre XIV.

Fin (fol. 151 v°): «Desen heer ihesu christo sy lof ende eer ende glorie mitten vader ende mitten heilghen gheest van ewen tot ewen sonder eynde. Amen.»— Provient de la collection Thévenot.

XVe siècle.— Papier (fol. 1 et 12 parchemin). — 151 feuillets.— 215 sur 110 millim.— Ancien fonds $\frac{8175}{2.2}$

36. Recueil de seize Sermons sur les vœux monastiques, par le P. Gouda, jésuite.— Début: « Dit syn sermoonen gedaen van den eerw, pater Gouda vande ocieteyt Jesu, om te comen tot de volmaectheit van den religieusen staet, aengaende de dry beloften, seer schoone ende geleerde sermoonen, dit is de voorreden. » — Fin: « Welke blyscap en glorie ons al te samen wil verleenen, godt den vader, godt den soen en godt den h. geest. Amen godt sy gelooft. »

XVIIe siècle. — Papier. — 137 feuillets. — 195 sur 150 millim. — Supplément franç. 1327.

37. Recueil de traités dévots.

Fol. 1 verso: Miniature, représentant la Vierge, avec l'inscription: « Sicut lilium inter spinas. »

1° Fol. 2. « Dit zyn VI graden daer hem een mensch in oeffenen sal inden scouwen die ons beschryft rychardus. » — « Die eerste graet is dat si bedencke ende ouerdencke die cierheit der creaturen. » — Cf. Richard de S. Victor, Benjamin Major, I, 6 (édit. Migne, col. 70 ss).

2° Fol. 5. «Van VII graden om te comen toter sueticheit des h. geest.— Die eersten graet, is die waekerheit die die bruyt christi sorchuoldich maect...»

3° Fol. 7. « Vander oueruloediger gracien der geender die hem Jhesus heel ouergeeft ende hoe vyant dat benyt. O suete jhesus, al der suetste brudegom, etc. »

4° Fol. 9 v°. « Hoe wi altyt in vresen sullen syn en setten ous tegen ons gebreken. — Nu myn wtuer[c]oren lief. »

5° Fol. 10 v°. « Hier begint een boeck inhoudende veel scoender oeffinge ende leeringe. Ende ierst hoe haer die maghet maria plach te bereyden als si haer gebet plach te doen. — Men mach weten dat die godlyke maghet. »

6° Fol. 17 v°. « Dit syn drie punten die eenen rechten scouwen toehooren. — Dat ierste is : men moet wael geordineert syn. »

7° Fol. 18. Hier beghint een spieghel des ewigen leuens ende leert ons, die kennisse gods ende der sielen ende der engelen ende scoen leeringe. — Eens des morgens onlanges geleden. »

Traité de la vie future, en forme de dialogue entre l'homme die « mensch » et l'Écriture « Schriptuera». — Fol. 81 à 88 ne font pas partie de ce traité, et doivent être placés plus loin, entre fol. 96 et fol. 97. — Fin : (fol. 95 v°). « Dat welcke ons al te sanen wil gonnen die vader, die soen, die heilige geest. »

8° Fol. 95 v°. — « Een exempel — Sinte iheronimus schryft een exempel van eenre vrouwe. » — Fol. 81, 82 r. (déplacés) font partie de ce traité. — Du vœu de chasteté.

9° Fol. 82. « Dit spreect onse heer. — Onse heer ihesus sprect volcht my na. » Fol. 82-88, fol. 97-98, font partie de ce traité.

10° Fol. 98. 2. « Hier begint hoemen god mynnen sal wt allen onsen crachten ende sielen ende gedachten. — Het staet geschreuen in den heiligen schriften. »

11° Fol. 103 v° « Hier beginnen deuote epystelen die... henrycus zuze... seynde synen geestelyken kinderen. — Wilstu weten ofstu dat lyden ons heeren. » — Les deux morceaux suivants sont peut-être aussi traduits de Suso.

12° Fol. 104 v°. « Dese naeruolghende punte syn ock vruchten die van den ouerdencken des lidens ons heeren comen. — Dat ierste is te vlien tydelyke lust. » —

13° Fol. 108. r. « Een schoon leringe. Hoert op, myn kint myn kint korte worden. »

14° Fol. 110. r. « Een schon leeringe. — Myn lief kint ick heb aen di gemerckt. »

15° Fol. 111. r. « Dit is een geestelycke oefinge voer gheestelycke mensche. — Omensch gedenckt ende laet nimmer meer van dynre harte gaen. »

16° Fol. 112 v°. « Sante Pauwels benedicie. — God van alle gracie die ons geroepen heeft. »

17° Fol. 113. r. « Hoe haer die bruyt christi tot haren bruydegom keert. — In den eersten keert si allen haer gemoeden van allen wtwendigheit. » — Fin (fol. 130 v°.) « Daerom loeft si hem dickste in syn suete tegenwoerdicheit. Amen. »

18° Fol. 130 v°. « Om een wenich oeffinge te hebben. Vander menschwordinge ons heren Jhesu Christi. — Item een oeffinge op elcken dach van der weken ende des Sondachs. — Fin : « Ende dat in memorien synder bittere passien. »

19° Fol. 140 v°. « Hier begint een suuerlyke leeringe van een biechtdochter. Een biechtvader hoorde syn biechtdochter...»

20° Fol. 143. v. « Dit syn drie roepen. Ten eersten roep ich myn hart tot my.»

21° Fol. 144. v. « Een exempel van gelatenheid. — Het was een maget die hadde allen haren vlyt. »

22° Fol. 147. r. « Een exempel. — Een goet mensch beclaechden hem. »

23° Fol. 147. v. « Een exempel van leeringe van een deuote maget. — Het was een ioffrouwe goet van leuen. » — Fin : (fol. 154). « die moet ons om syn goetheit gebenedien ende salich maken inder ewicheit. Amen. »

24° Fol. 154. v. « Een leeringe. — Godt te dancken om syne milde barmhar-ticheit. »

25° Fol. 159. r. « Dit (ms. Die) syn drie vragen voer een geestelyke mensch. — Die eerste vrage is wattet is een willich afgaen in geest ende in natuer. »

26° Fol. 161. v. « Een goede leeringe. — Een waerachtige suster sal in den kercken deuoet wesen. »

27° Fol. 162. r. « Een goede leeringe. — Om tribulacien. »

28° Fol. 162. v. « Een goede leeringe, van eenen cloesterlyken leuen. — Die moeste dy in veel dinghen ».

29° Fol. 163. v. « Hoe een getrou bruyt haer hart god offeren sal. — Te eersten offert si hem een bitter hart. »

30° Fol. 164. v. « Doer dese souen punten plach haer een ander te oeffenen. — Dat eerste is dat een aenvangende mensch. »

31° Fol. 165. v. « Hier begint een suuerlyke deuoet oeffinge voer geestelyke personen. — Het is seer orberlyck voer. »

32° Fol. 173. r. « Een suyuerlyke oefinge. — Het was een vrouken die dick-wil ten heilgen sacrament ginck. »

33° Fol. 174. v. « Hier begint den corten abc.— Aensiet waen gi comen syt.»

34° Fol. 175. v. « Hier begynt den gulden abc. — Altyt suldi wat goets spreken ende denken. »

35° Fol. 176. v. « Hier begint een leeringe opten abc. — Aenbidt den heer in allen steden. »

36° Fol. 178. r. « Een schoen onderscheit vander saligen armoede ende hoe wi daertoe comen. — Salich syn die arm van geest syn, etc. »

37° Fol. 189. r. « Item van twee broeders die ene molderine vraecden.— Twe priesters van der prediker oerden. »

38° Fol. 194. r. « Een siel. Die siel is een geestelyke natuer. »

39° Fol. 194. v. « Een exemple scoen. — Een meester inder godtheit. »

40° Fol. 198. r. « Hoe wi in godt ouerformt sullen worden. — Du sult weten dat in drie manieren. »

41° Fol. 203. « Hot god der sielen leert hem seluen te kennen. — Want dyn vuerige begeerten. »

42° Fol. 207. r. « Die bruyt tot haren bruidegom. — O mynlike heer. »

43° Fol. 207. v. « Hier wordt die siele geleert hoe si in god scouwen sal. — Du sult weten dat men niet en mynt dan dat men kent. »

44° Fol. 212. r. « Hoe die siel... ouerhaelt — dat si inder scouwinge geleert heeft. — Hier om een mensch. »

45° Fol. 215. v. « Hier begint een oeffinge van die wonderlyke werken gods. — Dese manier mac een mensch houden. »

46° Fol. 223. v. « Hoe men hoert te peysen opdat h. cruys.—Als gi dat cruys ons heren aensiet. »

47° Fol. 226. v. « Die yerste contemplacie van den heiligen cruys ons heeren. — Om te hebben deuocie. »

48° Fol. 228. r. « Die tweede contemplacie. — Fol. 229. v. Die derde contemplacie. — Fol. 231. Die vierde contemplacie. — Fol. 232. Die vyfte. »

49° Folio 234 v. « Van menigerhande blyscap... inden ewigen leuen... Ten ierste alsdat gebenediete aenschyn gods. »

50° Fol. 240. r. « Dese na geschreuen gebeden selstu alle dagen eysschen wtter werdiger. V. wonden. » — « O vader aller ontfermharticheit. »

51° Fol. 256. r. « Altyt ons seluen te ver[c]loeken met eenen geheelen wil. »

52° Fol. 280. r. (A partir de ce feuillet l'écriture change.) — « Sunte Pauwels seit het si verre van my dat ic ergens. »

53° Fol. 307. v. « Hiert begint een sermoen wt S. Mattheus. — Gratias ago tibi pater coeli et terre. »

54° Fol. 314. v. Sont ajoutés 4 vers et des réflexions pieuses. — Fin : « veruolcht u roepinge. Ouerdenckt u uerlossinge. » Une main moderne a ajouté une date fausse (« met godt gratie geyndig anno duysent vier hondert seventig een.»)

55° Fol. 315 (ancienne feuille de garde, collée auj. sur la reliure), se trouve le nom de « Suster Warin Ghysberts » avec quelques réflexions pieuses.

XVI° siècle. — Papier. — 315 feuillets. — 145 sur 115 millim. — Supplément franç. 1329.

38. Traduction de quelques livres de l'Ancien Testament ; elle comprend : fol. 1 v. «Leviticus » — 24 v. « Numeri »—79 v. « Hier beghint dat prologhe deutronomium. » — 80 v. « Deutronomium. » — 131 v. « Josue. » — 164 v. « Prologhe van der rechteren boeck.» — 165. r. « Rechteren. » — 203. r. « Ruth.» — 209. r. « Hester. » — 229. v. « Judith. » — 250 r. « Van den coninc Salomon ende van der coninginne van Saba. » — Fol. 253. v. « Van der phisonomie der menschen.» — (Traité de la physionomie, avec extraits des auteurs anciens).

Début : Fol. 1 : « Hier beghint dat boec dat geheten is leviticus. » — Fin : Fol. 254. v. « Daerom ist swaer daer naer te oerdelen. »

Le ms. comprend les livres du Lévitique à Ruth, dans l'ordre de la Vulgate ; puis Esther, Judith et un appendice sur Salomon. — Les livres sont traduits en entier, excepté le Lévitique, voir fol. 24. r. « Levyticus heb ic seer vercort, sonderlinge waer etsetere staet... anders luttel of niet. » — Dans le texte sont insérés: 1° Des extraits de l'Historia Scholastica ; (« scolastica ») et 2° des notes explicatives (exemple fol. 6 v.) Deux livres (Deutéronome, Juges) sont précédés de prologues assez étendus.

Cette traduction diffère de celle décrite sous n° 2 (1) ; elle se rapproche beaucoup de celle imprimée à Delft en 1477 (Campbell, Annales, p. 76 ; cf. Moll, Studien en Bydragen, IV p. 288.) Cette édition diffère de notre ms. en ce qu'elle contient ni les prologues, ni les extraits de la *Scholastica*, ni les éclaircissements; d'autre part, le Lévitique, dans l'édition imprimée, est complet. — L'édition imprimée contient des fautes que notre ms. ne présente pas ; (voir Josué, dernier verset du livre ; Juges, I, 30) ; mais ces passages, où notre ms. est supérieur à l'édition de Delft, peuvent résulter de corrections faites sur cette édition.

XVe siècle (fin). — Papier. — 254 feuillets. — 140 sur 100 millim. — Suppl. franç. 1330.

39. Recueil de poésies pieuses, en l'honneur de la Vierge et de divers Saints.— Une pièce seulement est en latin (fol. 39.) Le recueil a été fait pour un couvent de Clarisses ; voir fol. 39 r. — Voici la liste des pièces :

Fol. 1. « Alle creaturen willic ane gaen — ende myn herte in duechden keeren. »

Fol. 3. « Het es daer in der sonnen scyn — claer ende fyn.

Chants de Noël ou en l'honneur de la Vierge :

Fol. 4. v. « Alder werelt heylant — heeft ons sinen bode gesant. »
Fol. 7. v. « Joachims ende sinte annen bloet — Aue maria. »
Fol. 12. r. « Geloef soe sidi maget maria — van hemelrike. »
Fol. 12. v. « Nu laet ons singen het is tyt — Est puer natus hodie. »
Fol. 16. r. « Kinder nu loeft die maecht marie. »
Fol. 17. v. « Laet ons met herten reyne — Louen dat suet kindekyn. »
Fol. 21. v. « Een kindeken is ons geboren — in bethleem. »
Fol. 23. v. « Geloeft soe si die maget marie — van hemelrike. »
Fol. 26. v. « Die dorstich syt draecht bliden moet. »
Fol. 28. « Die spieghel der genaden syt. »

A Saint François.

Fol. 29 r. « Kinder loeft den engel fyn. »
Fol. 30. v. « Ghi syt daert alle tyt es mey. »
Fol. 31. v. « Franciscus gaf gode syn sinne. »
Fol. 33. r. « Laet ons eeren ende louen. »
Fol. 34. v. « Nu laetons S. Franciscus louen. »

A Sainte Claire.

Fol. 35. v. « *Tot sinte Claren.* — Laet ons sinte Claren louen. »
Fol. 36. v. « In die hoge weelde — laet ons vermeyen gaen. »
Fol. 38. v. « Loeft alle die hier by my syn. »

---

(1) Les détails apocryphes de ms 38, f. 250 ss. sur Salomon et la reine de Saba diffèrent de ceux donnés dans ms. 2, f. 194 v° s; ils manquent dans l'édition de Delft, qui ici comme ailleurs traduit la Vulgate.

A Sainte Barbe.

Fol. 39. r. « *Van sinte Berbelen*. Congratulemur hodie. »

Fol. 40. v. « Barbara die reyne maecht. »

Fol. 41. v. « Kinder al si[n] wi in dit sneuen. »

Fol. 42. v. « O. Barbara ons herte verblyt. »

Fol. 43. v. « Wermanen harer doecht. »

Fol. 44. v. « Barbara die clare sonne die doet leuen. »

Fol. 46. r. « *Dits van sinte Barbelen*. Scoender maeght voer noch na. »

Fol. 48. r. « Soe wi dat creaturen geloeft. »

Fol. 48. v. — 55. v. vides. Les pièces suivantes semblent écrites d'une autre main que ce qui précède ; elles sont adressées au Christ ou à la Vierge.

Fol. 56. r. « Op de wise : het is goet syn int ryke daer bouen. » — « Kinder nu syt allegader vroe. » (Chant de Noël).

Fol. 57. r. « Een kindeken es geboren. » (Chant de Noël).

Fol. 58. r. « Die vader inder ewicheit. » (Chant de Noël).

Fol. 60. r. « Laet ons met vollen chore. » (Chant de Noël).

Fol. 61. v. « Op : wie wilt horen singen van enen tymmerman. — De sancta Maria Virgine. » — « Wi wilt horen singen van eenn leeu seer gram. » (Chant de Noël).

Fol. 63. r. « Op : her esel gy moet een esel syn. De sancta Maria Virgine. — Die dageraet gaet op ende fyn. » (Chant de Noël).

Fol. 65. r. « Die metten sterren is op gegaen. » (Chant de Noël).

Fol. 66. r. « O ewige wysheit die menich jaer. » (Chant de Noël).

Fol. 67. r. « Hed es nature met u solaes. » (Au Christ).

Fol. 68. v. « En baete geen castien » dese wyse. — De sancta Maria. — « Met herten ende met sinne. » (A la Vierge).

Fol. 69. r. « Dat scoenste kint es ons geboren. » (Chant de Noël).

Fol. 70. v. « Ic bidde den ouersten heere. » (Au Christ).

Fol. 70. v. « Ic vruchte der werelt gemeyne. » — « Die gotheit vant der gracien vont. » (Chant de Noël).

Fol. 73. r. « *Vanden kerstdach*. — Doen christus was geboren. »

Fol. 74. v. « Van ihesus kerst marien sone. Jesus kerst marien kint. »

Fol. 76. r. Prière à la Vierge en prose, d'une main du seizième siècle.

(Les pièces suivantes ont été ajoutées d'une autre main ; l'écriture diffère) :

Fol. 77. « In eene booghaert quaem ic ghegaen. » (Au Christ).

Fol. 79. « Kinder loeft den engel fyn » (la même pièce qui se trouve plus haut, fol. 29).

Fol. 22. v. On trouve la mention : « Dit leiisen buecsken hoert thoe suster liisbeth ghoeyvaers et al[iis ?] » — Cf. fol. 80 v. « Dit boexkiens hoert toe suster iohanna corneliens ; suster Elisabeth ghoeyuaers heuet my gegeuen. »

Ajouté (imprimé) fol. 71-88. « Copye van eene breue apostolyck vant jubileum des jaers 1600. » — « Tot Brussel by Rutger Velpius... 1603. »

XVIe siècle. — 88 feuillets. — 140 sur 100 millim — Suppl. franç. 3326.

40. Recueil de prières et de méditations dévotes. — F. 1-12 Calendrier (fol. 1 :

« Kl. Januarius heeft XXXI daghen »). — Paraît rédigé dans le diocèse de Cologne. — Fol. 13 « Dit synt die gulden vridaghen. » — Fol. 15 v° « Dit synt die gulden raden godes. » — Fol. 17 r. « Dit is dat yerste capittel van onze heilighe regule ». (Extrait de la règle des Clarisses). — Fol. 21 r. « Dit is ghenomen wt die Elacye van die hielige Oltvader Joseph » — (début) « Dat alder yerste fondament der waerachtigher vrientschap ». — Fol. 25 v° « Dit is sinte bernaerts testament... » « Ven sinte bernaerts lesen wy ». — Fol. 27 r. « Een corte weg tooter volcomenheit — Der leeringhen syn veel. » — Fol. 28 v. « Een vraghe ende antwoorde van eenen gheesteliken mensche leuen.—Een gheestelyc persoon vraechde. » — Fol. 31 r. « Dit synt thien puncten van grooter vervolcomenheyt om daer tot comen » ... « Een gheleert man vraechde een maghet. » — Fol. 32. v°. « Dit isdat claer spieghel ... ons heeren. — Een geestelyke mensche sal syn.... ». — Fol. 34 v°. Dit syn v. punten. Ghewillige armoede ». — Fol. 35 v°. « Hier beghint een schoen Sermoen vander heyligher drievuldicheyt. Dat ghemaket heeft Brueder merten van *tour*nout. — Myn wtuercoren ende seer gheminde suster. » — Fol. 56 v°. « Een goede leeringhe van broeder gert [Geert Groote ?] Daer en (ms. ende) is niet ons alsoe seer behindert ende belet ». — Fol. 59 r. « Dit is den gulden regulen van dat heillighe silencium (1) hoe wy dat holden sullen.—Du sulste swyghen minnen als ysidorus seyt Want swyghen es » etc. — Fol. 61 r. «Diet es een goede leerenghe ghenomen wt den goeden tauuelers sermoenen, leidende tot den rechten wech der volcomenheit — Ic hoerder eens een segghen...» — Fol. 75. « Dit is een salighe oeffinghe hoe hem een mensch tot ter doot bereiden sal. — Dié wise senica (sic) spreect... »

Le reste du ms. contient des prières. — On trouve des dessins fol. 118 v° (gravure sur bois coloriée), f. 191 v°, 214 r., 212 v°.

Fin (fol. 233 r.) : « Hoe ic minne met minne verghelde mochte. » — Suivent fol. 234-236 des feuillets détachés contenant des indications sur des prières à faire.

XVI° siècle. — Papier. — 236 feuillets. — 140 sur 98 millim. — Supplément. franç. 3989.

41. Vie de Saint-Norbert. — Titre (fol. A) « Het leven ende vervoeringe van den heiligen Norbertus. Anno 1700. Verduytscht door H. Dyonis Mudzaerts.» — Fol. B. « Het voorbereydsel des boecx » (préface, sur l'origine des Prémontrés.) P. 1- 289, Vie, divisée en 71 chapitres. — « De vervoeringe van S. Norbertus », p. 291-333 (27 chapitres) — p. 334 à la fin. « Een saligh vermaen van den H. Norbertus tot syn Religieusen. »

Fin (fol. 344) « ... in oneyndelicke eeuwen der eeuwen, amen. Finis.

« nunc meus, nunc huius,
« post mortem nescio cujus. »

Suit la signature : « G. F. van der Plassche ».

XVIII° siècle.—Papier. — 344 pages. — 160 sur 100 millim. — Suppl. franç. 3993.

1) *Scelium* ms.

42. Porté sur l'inventaire comme « Exhortations et prières pour la confession ; in-8° rel. XVe s. » (Supplém. fr. 4385.) En déficit.

43. Psautier de la Vierge. — Fol. 1 : « Hier begynt onser lieuer vrouwen psalter in duytschen. Als sinte bernart hait gemackt. » — Fin (fol. 72 v°.) « Ende vuermits dynre hulpe ons daer vervrouwen ewilic sonder eynde, AMEN. »

Écrit, à en juger par le dialecte, sur les frontières orientales des Pays-Bas actuels (1).

XVe siècle. — Papier. — 72 feuillets. — 140 sur 100 millim. — Supplément franç. $\frac{4499}{2}$

44. — Recueil des Coutumes de la ville de Groningue.

Fol. 2-3 (ces feuillets ont été ajoutés et sont d'une autre main) : « Dese geslachtenn synnth van older toe older regennten gewesen bynnen gronnynng. » (Liste des familles anciennes de la ville).

Fol. 42 : « Hyr begynt dee taefle van dat stadt boeck van Gronyngen ».

Fol. 16 r. commence la Coutume (Sancti Spiritus assit nobis gratia etc.) divisée en neuf livres (I, 16 r. — II, 29 r. — III, 53 r. — IV, 65 v. — V, 87 v. — VI, 110 r. — VII, 124 r. — VIII, 136 v. — IX, 156 v.)

La Coutume a été rédigée en 1425 ; dans ce ms. on a ajouté des *publications* postérieures (à la fin du livre II, fol. 34 v°, du livre III, fol. 53 r. ; du livre IX, fol. 163 à la fin). La plus récente de ces *publications* est de 1522 (fol. 174 v.) — Ces chapitres ajoutés ne sont pas indiqués dans la table des matières ; à la fin de chaque livre il y a une ou deux pages en blanc pour de nouvelles additions.

Fin : fol. 116 v. « Finis est. Ende des Stadt Boeckx ».

Comparer Fockema Andreæ, Oud-Nederlandsche Rechtsbronnen, p. 14.

XVIe siècle. — Papier. — 176 feuillets. — 190 sur 150 millim. — Ancien fonds français. $\frac{10503}{13}$

45. Recueil de lois frisonnes ; le ms. comprend plusieurs collections indépendantes, de mains différentes, on y a même inséré une collection imprimée.

I (fol. 1-55) « Die XVII kesten ... die XXIV landrechten». — Fol. 10 « En copie hunsynge landes vanden gesteliken rechten. » — Fol. 11 v. « En copie fiwelinge landes vanden gesteliken rechten ». — Fol. 13 « Hyr beghint dat zentrecht ». — Fol. 24. « de boert des kindes ». — Fol. 26 v. « Hyr beginnen wilkoren hunsinge ende fywelinge lande ». — Fol. 27 v. « Wo men de arfnisse

(1) L'original n'est pas dans l'édition de Saint Bernard, par Mabillon, voir Histoire Littéraire, XIII, 214. Sur une traduction publiée sous le nom de Saint Bernard, voir Campbell, o. c. p. 23. (N° 278. 279).

delen sal de vallen tuscen fywelinge lant ende olde ampt ». — Fol. 33 « Hoemen de erfnisse met rechte holden sal ». — Fol. 33 v. « de wilkoer van lange wolt. » — Fol. 36 « Hyr begint dat ouerkant van hunsinge lant ». — Fol. 39 « keyser Roleffs bok. » — Fol. 47 « dat recht van upstalles boems ». — Fol. 49 r. « Wat godts recht is. » — Fol. 52 v. « Dat zeentrecht van loppersun. ». — II (fol. 56 à 140). Fol. 56-64 table. — Fol. 64. « Hyr beghynnen de souentien kesten. » — Fol. 70. « dat eerste landrecht. » — Fol. 75 « dat kynt in synre moeder liue» (cf. fol. 24). — Fol. 83 v. «fywelinge landes wilkoer ». — Fol. 87 « Willecoren tuscen honsynghe ende fywelinge lant ». — Fol. 90 « doemen fywelinge landes ende olde amptes ». — Fol. 94 « willecoren van vredewolt ». — Fol. 100 « Nye rechte van vredewolt ». — Fol. 101 « koren van vredewolt ». — Fol. 101 v. « Langhe woldes willekoren ». — Fol. 105 v. « Nye willekoren van lange wolt.» — Fol. 111 « wo alle erffenysse ende erfdelen vallen [nae hunsynghe ende fywelinghe lande wylkoer] ». — Ce dernier chapitre comprend fol. 111-114 (il faut retrancher fol. 115-126); il finit fol. 127. — Fol. 127 « dat zeentrecht van hunsynge ende fywelinge landes willekoer. »

Fol. 115-126 sont à retrancher; ils contiennent une autre copie de ce qui se trouve fol. 79-90.

La table reproduit les titres des chapitres; mais la numérotation des chapitres a été faite par un rubricateur inintelligent et ne signale pas les vraies divisions.

III (fol. 141-155). Fol. 141 r. « Hyr beghynt de tafele van hunsinghe ende fywelinge landrechte, van den eersten boeke. » — (suit le premier livre, fol. 142-147). — Fol. 148 r. « hyr beghint de tafele van den ander boeke » (suit le second livre, fol. 149 r. — 155). — Suivent 53 feuillets blancs.

IV. Lettres de Frederik de Blankenheim, évêque d'Utrecht, réglant les Coutumes du pays de Drenthe (16 sept. 1412, 13 août 1394). — Lettre de Rodolphe van Diepholt, sur le même sujet (25 mai 1447) — (fol. 157-171).

V. Texte imprimé des lois frisonnes (dialecte frison). Imprimé à la fin du XVe siècle; voir Campbell, Annales, p. 306. — Les deux premiers feuillets manquent; début du troisième : « hAet is rucht list ende konst...» (signature a. i.) (fol. 171-258).

VI. Pièces détachées — (fol. 258 v. — fin). Formule de serment en frison. — Lettres du magistrat de Groningue (1493 et 1485). — Alliance des villes de Frise (1495). — Extrait de Coutumes en frison. (262. v° — 270 v.)

XVIe siècle. — Papier. — *271 feuillets.* — *160 sur 140 millim.* — Ancien fonds franç. $\frac{10503}{3}$

46. Liste des membres (hommes et femmes) de la confrérie de Saint-Georges à Assenede.

Titre (fol. 1) « Registre vander ghildebroeders ende guldesusters vanden gulde van mynem heere sent Jooris. Binnen der prochie ende kerke van Assenede ».

Fol. 2-21 liste des hommes faisant partie de la confrérie; elle va de 1520 à 1598.

Fol. 22 vide. — Fol. 23 à la fin, liste des femmes, de 1550 à 1571. — L'association avait pour but l'exercice de l'arbalète (fol. 2), mais paraît avoir été aussi une confrérie de prières pour les morts ; voir fol. 7 v. — A côté de chaque nom on indique la somme que le membre s'engageait à faire verser après sa mort dans la caisse commune (*dootschult*) ; à côté de beaucoup de noms on a ajouté plus tard la mention : « obiit et soluit » ; parfois « soluit in vita » (fol. 12 ; 15 ; r. et v. ; 16).

Fin (fol. 27 r.) « Anna mays dhuysvrow van an dierkins, ende heeft ghepresenteert vor haer dootschult vyf s. iiii gr. »

XVIe siècle. — Parchemin. — 27 feuillets. — 230 sur 150 millim. — Suppl. franç. 3999.

47. Journal du voyage en Russie, fait par N. Witsen en 1664-1665, avec l'ambassadeur Boreel.—Début (f. 4) « Dagelykse voorvallen op myn Moscovische Ryse begonnen in den Jare 1664, den 17 september. (Signé :) N Witsen. »— Fin : fol. 143 r. « den patriarch te vergeeven, soo men ons by hem seyde. »

Copie du journal de voyage, dont Gebhard (Nicolaas Witsen, Utrecht 1881, I, 33) constate la perte. Le ms doit avoir la même provenance que les deux numéros suivants.

XVIIe siècle. — Papier. — 225 sur 155 millim. — 143 feuillets. — Suppl. franç. 565.

48. Notes sur la Russie. — F. 6. Envoi autographe, constatant que Witsen a offert ces notes à Thévenot (« Aen den wel Edelen Hooggeboren en geleerden Heer. M Stevenot (*sic*). Schenckt dese syne aenmerckingen in gedachtenisse Nicolaes Witsen, 1668, 7 déc. Amsterdam»).

Notes détachées sur les mœurs, la chronologie, l'histoire ; réponses à des questions adressées à Witsen par Golius, relatives à la géographie, l'ethnographie (f. 37). — Description des Samoyèdes (f. 56). — Rectifications des erreurs d'Olearius, *Voyage en Perse*, (f. 60).

Titre (fol. 4) : « Aentekeningen van Saeken mij voorgekomen op myn Moscovise Reyse, Nicolaus Witsen 1665. Dii omnia vendunt laboribus. » — Fin (f. 67 v°) : « sy kussen de dootkist, twelck niet waer is. »

XVIIe siècle. — Papier. — 195 sur 155 millim. — 67 feuillets. — Suppl. franç. 566.

49. Notes sur la religion, la justice, etc. en Russie, par le même. — F. 1. Note constatant que le volume a été donné à Thévenot, signée Nicolaes Witsen. — F. 7. « Besondere opteeckeningen betreffende de godsdienst der Moscoviten. » — F. 47 à la fin, notes sur la procédure, les classes de la société, l'ethnographie, l'histoire naturelle. — Fin (fol. 58 v°) « Nicolaus Witsen. Dii omnia laboribus vendunt. Amstelodami, 1669. »

XVIIe siècle. — Papier. — 200 sur 155 millim. — 58 feuillets. — Suppl. franç. 736.

50-1-2-3. Histoire de Bruges, par le Père de Blende.

Titre de vol. 1 : « Den spieghel der antiquiteyten, waer in men sien magh, vele wondere geschiedenissen, de welcke inde stad van Brugghe, ende tot het brughsche vrye, sydert de iaeren van christus geboorte syn voorghevallen, tot dese teghenwoordighe iaeren, verdeelt in vyf deelen, synde hier het eerste deel, vervattende in sigh selven, de eerste ses hondert jaeren naer christus gheboorte, waneer dat binnen brugghe noch daeromtrent niet besonders is voorghevallen, oversulcx sal dit deel meest handelen van de pausen van roome ... door frater anthonius De Blende. R. D. begost ten jaere een duyst seuen hondert twaelve, ghebonden binnen de stat van veurne ten jaere seventhien hondert twintich. »

Le titre du vol. II ajoute comme qualification de l'auteur (ce qui explique les lettres R. D. du vol. I.) Religieus der abdyen vas Duynen tot Brugghe ; vol. III a la même indication ; vol. IV » Priester van de abdye van Duynen ... en hofmeester van de Bogaerde, ten iaere seventhien hondert negen thiene. »

Jusqu'à la fin, l'auteur mêle l'histoire de la Papauté à celle des Pays-Bas, comme le dit le titre de vol. II-IV.

Vol. I, de 55 av. J.-C. à 604 (Début f. 12). « Vyf en vyftigh jaeren voor de gheboorte ; » fin fol. 321. v° « van alle volkeren magh ghekent worden. »

II (de 605 à 1200) Début (f. 1, v°) « Ick beghinne desen boeck. » — Fin (f. 320, v°), « tot voldoeninghe van den leser vaertwel. »

III (de 1201 à 1500) Début (f. 1, v°) ; « Het was nu het iaer ». — Fin (fol. 321) « ende vaert altydt wel. amen ».

IV (de 1501 à 1660). Début : (f. 1, v°) « Wy syn nu ghecomen tot het iaer » ... Fin (f. 320, 2) « en wonder om lesen. vale ».

Nous n'avons que quatre des cinq volumes annoncés sur le titre. L'auteur se proposait de continuer l'ouvrage (IV, f. 320, 2 : « hiermede maecke ick een eynde van desen boeck, verhopende het volgende deel te beghinnen met het iaer sesthien hondert sestegh, in het welck ick alle het merckelickste sal aenteekenen tot het jaer seventhien) ».

M. Gachard (*La Bibliothèque Nationale*, I, 453), croit que l'auteur n'a pas donné suite à ce projet.

XVIII° siècle. — Papier. — 321, 320, 321, 320 feuillets. — 190 sur 150 millim. — Suppl. franç. $\frac{4288}{1\text{-}4}$

51. Divers traités de médecine et de chirurgie. — Des cahiers ont été déplacés : f. 7-13 doivent être placés à la fin du ms après fol. 87 ; f. 36-41 ont été également déplacés sans qu'on puisse indiquer leur place exacte. En outre des feuillets manquent ; f. 6 v., 35 v., 41 v., on trouve des réclames qui ne correspondent à aucune partie du ms ; de plus, quelques chapitres indiqués dans les tables de fol. 1 et 24 v., ne se retrouvent pas dans le mss. :

1° f. 12. « Hier beghint die slotel vander surgerien, » (f. 1-6 incomplet, il faut déplacer f. 7-13.).

2° f. 14-24 semblent appartenir à un traité faisant suite à 1°.

3° (table) « I. dites van den houet sweren ; » (retrancher f. 36-41 ;) f. 42-47 appartiennent à ce traité ; f. 47 « hier end die bouc die men hiet viatike. »

4° f. 472. « Desen bocc soo hiet nicholayus ; oec soe heeft si enen namen antidodares (sic). » — Comprend f. 47-63, v°.

5° f. 63, v°. « Incipit summa magistri gerardi cremonensis (?) de modo medendi. » — Comprend 63, v° — 87 ; ajouter f. 7-13 ;

6° f. 36-41. « Dit seit meester gillis ende ysac ende theophilus dat die orine. » Incomplet.

Fin (fol. 87, réclame) : « den hebben die syn » (ces mots se retrouvent f. 7r).

Il y a plusieurs figures représentant des instruments de chirurgie ; pour d'autres la place a été laissée en blanc (1).

XV° siècle. — Parchemin. — 270 sur 160 millim. — 87 feuillets. — Ancien fonds franç. $\frac{7832}{5.5.}$

55. Recueil de dessins coloriés représentant des poissons, mollusques, etc. — Intitulé (f. 1) « Phisica animalium. » — Chaque dessin est accompagné d'une nomenclature en flamand. Dernière figure (fol. 22) « Eene zee Catte. »

XVII° siècle. — Papier. — 200 sur 286 millim. (ms oblong). — 22 feuillets. — Ancien fonds franç. 7924.

56. Recueil de problèmes de géométrie et d'arithmétique. — f. A. (non paginée) : « Est Michaelis Coigneti 1576. — Anno a Christo nato 1603 hunc librum revidi atque inveni in eodem extare permulta scitu necessaria, omissis tamen aliquibus quæ sunt parvi momenti. — 1623 denuo revidi. »

Incipit (fol. 1). « Nota, hoe dick mael men veranderen can met teerlinghen werpende.

XVII° siècle. — Papier. — 149 sur 98 millim. — 1 + 46 feuillets. — Suppl. latin 319.

57. Traité des chevaux et de leurs maladies. — Traduit de L. Nucius, « maréchal de Rome. » — f. A-D. Table. — Début (fol. A) « Die voerspraeke. » — Texte f. 1-115. Début (f. 1) « Die voerspraeck. Laurens die men noemt ... » Fin (f. 115 v.) « ende polu[er]iseren dat cleye. » — Provient de la Bibliothèque Thévenot.

XVI° siècle. — Papier. — 120 feuillets. — 195 sur 140 millim. — Ancien fonds franç. $\frac{8173}{4}$

58. Recueil contenant des pièces diverses. — f. 1-37. Figures et notes

(1) Provient de la bibliothèque de Colbert.

relatives à l'horlogerie, à l'ornementation, etc. — f. 40 à la fin, pièces de musique, vers en néerlandais et en français, notes sur la famille de l'auteur. — f. 1 : « Desen boeck hoert toe Hendrick Claes, alias Nys. Dit is een boeck om bequamelyc te vinden om te wercken aen orlogien ende speten ende tot anderen differenten dinghen. »

Ecrit à Bruxelles vers 1616 (voir le dernier feuillet, recto).

Fin (fol. 81) : « synen peter is Gerart van Opstal ende meter Alina Piters. »

XVIIe siècle. — Papier. — 81 feuillets. — 210 sur 145 millim. — Ancien fonds franç. $\frac{8177}{}$

59. Histoire dramatisée de Chariclée et Théagène, par G. Cornelizoon van Embden. — f. 2 « G. Cornelissoon van Embden. Karycleaes Treur Bly Eynde Spel... Finis Anno Domini 1628. »

Ms. autographe inédit, avec corrections et ratures. L'auteur demeurait à Amsterdam, et se proposait de publier sa pièce (f. 2 v°, « Aen de constbeminnende Leesers ende Leeserrinnetis »).

XVIIe siècle — Papier. — 32 feuillets. — 290 sur 190 millim. — Suppl. franç. 5858.

60. Bréviaire en néerlandais et en latin.

1° Calendrier (fol. 1-48) f. 1 : « Januarius loemaent heeft xxxi daghe. » — Pour chaque fête, indications sur les indulgences qu'on gagne en visitant les églises de Rome.

F. 45-57 : Prière à Jésus pour chaque jour de la semaine (« hier beghint een innich ghebet dat S. bernaert ghemaect heeft »).

Le reste du ms. est en latin, (excepté fol. 67-71 sur la nourriture spirituelle de chaque jour de la semaine, « dit syn die gheestelicke gherechten van elcken dach in die weecke »).

Remarques f. 72 « ad induendam noviciam » ; f. 88 « Professio celebranda hoc modo » ; f. 132 « Ordo fratrum minorum secundum consuetudinem romanæ ecclesiæ ad communicandum infirmum. »

Le ms. doit provenir d'un couvent franciscain.

Fol. 12, 35 v, 58 v, 109 v, on a collé des gravures sur bois ou sur cuivre, coloriées.

Fin (fol. 166, v°) « Requiem eternam dona eis domine ».

XVIe siècle. — Papier. — 166 feuillets. — 150 sur 85 millim. — Acq. nouv.

61. Poésies diverses de Laurens van Elsland. — Fol. 1. « Laurens van Elslands Mengeldichten. » Contient des Satires, Epitres, une périphrase de Jérémie, une farce (« Jan onder de deecken, fol. 29-58. »). L'auteur vivait à la fin du dix-septième siècle dans l'Archipel Indien à Batavia, peut-être a-t-il été aux Moluques, (il y a une satire contre un gouverneur de Banda.) Une épitre en vers à des amis en Hollande est datée de Batavia, 2 déc. 1693. — Inédit ; quelques pièces sont curieuses pour l'histoire des mœurs.

XVIIe siècle. — Papier. — 77 feuillets. — 310 sur 200 millim. —Acq. nouv.

62. Pièce dramatique en trois actes en vers, intitulée (fol. 1.) » Stryd van Liefde en Eer. Hof-Spel. » L'auteur ne se nomme pas. — Ms. original avec corrections de l'auteur, destiné à l'impression (voir fol. 2. « Voor reden tot een ieder. ») — La pièce, quoique donnée comme œuvre originale, semble imitée de l'espagnol ; les personnages sont espagnols ; remarquer aussi la division en *trois* actes.— Non mentionné par le « Catalogus der Toneel stukken inde Bibliotheek der Maatsch. van Ned. Letterkunde » (Leide, 1881.) — Premiers vers (fol. 3). « *Antoni.* Hebt gy myn paert getoomt — *Carin.* Het wacht u op de straet. » — Fin (fol. 28. v.) « En Rosa dus gepaert moet leven lange jaeren. »

Ce ms. et les trois suivants doivent provenir de la même collection.

XVIIe siècle. — Papier. — 28 feuillets. — 210 sur 155 millim. — Acq. nouv.

63. Comédie en trois actes, en vers, intitulée (fol. 1. v). « Moy Marytje of de gewaande Kraamvrouw.»— fol. 3. v. (premier vers) *Karel* « Myn engelin ik bid u, wilt u weene stake. » — Dernier vers (fol. 26) « Heel wel myn vaer ik volg gewillig uw order. »

Ms. original, avec ratures. — Fol. 28-37, copie inachevée, au net. Est-ce la même pièce que celle mentionnée Catal. Maatsch. van Letterk. n° 4299 ? (« De gewaande Kraamvrouw. Blyspel door S. Stol. Amst. 1712. 8°. »)

XVIIe siècle. — Papier. — 39 feuillets. — 210 sur 160 millim. — Acq. nouv.

64. Comédie en vers, intitulée (fol. 1.) « De dagdief, Klugtspel. » — Fin (fol. 24. v.) « Tis wel, kom gaa we na binnen, en gy spreket elkander wel nader. » — L'auteur est J. de Ryk ; voir Catal. Maatsck. Letterk. n° 1489, 1490. Imprimé en 1696 et 1778.

XVIIe siècle. — Papier. — 24 feuillets. — 210 sur 160 millim. — Acq. nouv.

65. Tragédie en cinq actes, en vers, par A. Sonnestrael intitulée (fol. 1.) « A. Sonnestraels Wreethaert en Vrymonde, Treurspel, Anno 1654. Den 10 mayus. » — Premiers vers (fol. 2. v.) *Wreethart.* « Manhafte die soo troos (sic) het noodtlodts vreede vlaghen. »... Dernier vers (fol. 30. r.) « *Quirinus.* Dat Janus Room behoedt in alder eewighydt. »

XVIIe siècle. — Papier. — 30 feuillets. — 210 sur 160 millim. —Acq. nouv.

66. Généalogie de la famille van der Woestine. — Fol. A., blason. — Fol 1-2 tableau généalogique. — Fol. 3. « Genealogie ende Descente van het seer edele huys ende geslacht van Vander Woestine, in het graefschap van Vlaenderen, ende in het graefschap van Brugghe. » — Fol. 3-26 contient la généalogie (dernière date mentionnée, 1683) — fol. 27-37 vides — fol. 38-86

---

(1) M. Morel Fatio, à qui je communiquai mes conjectures, croit, lui aussi, que la pièce est imitée de l'espagnol, mais, malgré les recherches qu'il a bien voulu faire, il n pas réussi à mettre la main sur l'original.

pièces justificatives; fin (fol. 86. v.) « Onder teeckent B. Bockman. » — Avec dessins coloriés des blasons.

XVIIe siècle. — Papier. — 86 feuillets et un feuillet préliminaire. — 315 sur 200 millim. — Acq. nouv.

67. Récit des guerres des ducs de Brabant contre les seigneurs de Grimbergen; extrait du récit en vers (cf. Jonckbloet, II, 152). — Fol. 1. « Dit is cornycke van Brabant en Grimberghen ... ende is uyt een cornycke van rymen in prosa verandert. »— Fin (fol. 54 v.)— « eewiger vrede geven. Amen. »—Avec dessins de blasons.

XVIIe siècle. — Papier. — 64 feuillets. — 310 sur 190 millim. — Acq. nov.

68. Documents généalogiques. 1° P. 1-31. Notice sur les joûtes célébrées à Bruges en 1392. — Début (p. 1.) « Steekspel gehouden tot Brugghe in den jare 1392. » — Cette notice a été écrite après 1738 (voir p. 3 en bas.) — Avec dessins (parfois en couleur) des blasons.

2° P. 35-260. Recueil des épitaphes des églises de Bruges (en latin ; beaucoup d'épitaphes sont en latin ou en flamand). C'est la même collection qu'on retrouve n° 73 ; voir sous ce n°. — Avec dessins des blasons.

3° Feuillets autrefois détachés, contenant des copies d'épitaphes, et des notices généalogiques aujourd'hui collées et numérotées 261-272 ; elles ne se trouvent pas dans ms. 73.

XVIIIe siècle. — Papier. — 272 pages. — 310 sur 190 millim. — Acq. nouv.

69. Description de la décadence de Bruges, à la fin du seizième siècle. — Titre (fol. 1.) « Deerlicke Lamentatie ende Beclagh van de Stadt van Brugghe, door Zegher van Maele. » — Fol. 2. « Aenmerckt hier naer. » (Avis au lecteur.) — Fol. 3. « Een cort verclaers ende deerlicke Lamentatie ende beclagh vander destructie ende groote declinatie sonderlinghe vande stede van Brugghe ; de welcke geschiet is in ons tyden vanden jaeren XV^c end e LXV ende totten jaere XV^c ende XCI ... jae saecken geschiedt vele jaeren post. »

Fol. 54 v. à la fin contiennent des notices sur l'ancienne histoire de Bruges.— Fin : (fol. 71. v.) « Ende meer dan 700 vergulde sporen, summa 33 tich edelen. »

XVIIe siècle. — Papier. — 71 feuillets. — 315 sur 200 millim. — Acq. nouv.

70. Recueil d'épitaphes de quelques églises de Bruges. — Titre original (fol. B.) « Sépultures, Epitaphes et Mémoires de la ville de Bruges, tome 3e. contenant celles des églises ... de St-Sauveur ... de St-Jacques et de Ste-Walburge. » (Le titre fol. A a été ajouté lorsqu'on a relié le volume). Le volume faisait partie d'une collection plus étendue, dont I, II sont perdus — Fol. 1-152 copies des épitaphes avec blasons en couleur : fol. 155-158 : « Table des amilles mentionnées dans ce livre. » — Fol. 159. « Addition des sépultures qui se trouvent sur le cimetière de l'église St-Jacques. » Fin (fol. 159. v.) : « Dan godtlof twee van syne beste vrienden leven nogh. »

XVIIe siècle. — Papier. — 159 feuillets + 2 ff. préliminaires. — 300 sur 200 millim — Acq. nouv.

71. Recueil d'épitaphes des églises de Bruges. Titre (p. 1.) : « Superscriptien ende memorien ... binnen de verscheide kercken der stede van Brugghe ghere-cueilleert by Cornelis Gaillaert fs. maertens,'s heer jans seune, int jaer 1552. Ende by Jacques de Damhoudere ... uytgheschreven ... ende epitaphien daer by ghevoeght den 14 juni 1602 ; ende anno 1687 van woorde te woorde ghecopieert; ende nu andermael uytgheschreven ende ghecopieert ten jaere 1780 by jorvincent Joseph de Croeser, heere van Cruyninghen, etc. » — Texte de p. 140 ; p. 141-156. Index (des noms de famille). — P. 157 Index (des églises). — Fin (p. 157 r.) « Jerusalem — 160. Finis. »

XVIIIe siècle. — 157 pages (1). — 310 sur 190 millim. — Acq. nouv.

72. Recueil des privilèges du Franc de Bruges avec notices sur les Comtes de Flandre qui les ont accordés. — Fol. 1. « Prefatie ofte Voor-redene van den jegenwoordighen tractaet ; inhoudende sommiere deductie vande gheleghenheyt van het landt van den vryen, soodat gheweest heeft in voorleden tyden, ende hoe 'tselve ghecommen is tot de jeghenwoordighe staet. » (Fol. 1-6). — Fol. 6 : « Hier naer vol ghen successivelyck alle de graven ende gravinnen van Vlanderen ... ende verclars vande voornoemde Privileghien » — Extraits des chartes, rangés par ordre chronologique, avec renvoi aux cartulaires ; en tête des chartes émanant d'un Comte, notice biographique sur le Comte qui les a accordées. La dernière pièce analysée est de 1551 (9 février.) — Fin (fol. 91. r.) « Inde Zwarte bouck, n° VIII° fol. XXVI verso. »

XVIIe siècle. — Papier. — 91 feuillets. — 325 sur 210 millim. — Acq. nouv.

73. Recueil des épitaphes qui se trouvent dans les églises de Bruges. — Titre (fol. 2.) « Epitaphia Brugensia. » — Un feuillet autrefois détaché collé sur fol. 2 désigne comme auteur J. Foppens, en ajoutant : » ms. original. »

Fol. 2. 84 copies d'épitaphes (la plupart en flamand) ; les éclaircissements ajoutés sont en latin. Le ms. se compose : 1° d'un texte suivi, identique à celui du ms. 68 (p. 35-260, il y a quelques différences à la fin) avec pagination de 1 à 91 ; 2° de notes, dessins, etc., ajoutés plus tard entre les feuillets et non compris dans la pagination primitive. Ces suppléments et quelques détails ajoutés dans le texte ne sont pas dans ms. 68. — Fol. 85-90. Index des noms de famille sur papier plus petit (320 sur 190 millim.) Fin : (Fol. 85. r.) « Ysemberghe — 44. »

XVIIIe siècle. — Papier. — 90 feuillets. — 390 sur 240 millim. — Acq. nouv.

74. Recueil d'épitaphes, la plupart tirées des églises de la Belgique. — Titre

(1) Et non pas 159 comme dit la feuille de garde.

(fol. A.) « Ms. rare et curieux de monuments sépulcrales (*sic*)... de divers endroits de l'Europe... par M. le chevalier de Holleber. » — Copies d'épitaphes avec dessins coloriés des blasons fol. 1-240 (paginés 1-244 ; fol. 128 manque par erreur de pagination ; fol. 179, 197, 207 qui ont par exception des dessins au verso comptent chacun pour deux feuillets). — Fol. 244 verso à la fin, index des noms de famille. Fin, folio supplémentaire D. v. « Zymaer 168, 189, 212. »

XVIIIe siècle. — Papier. — 240 feuillets. + 4 ff. supplémentaires. — 310 sur 195 millim. — Acq. nouv.

75. Recueil de pièces et de notes relatives principalement à la généalogie des Flandres, en français et en flamand. Pièces à remarquer, fol. 51. Généalogie des seigneurs d'Avennes (le ms. commence fol. 5. r. ; les feuillets qui précèdent sont postérieurs et étaient autrefois détachés.) Fol. 6. « Hier naer volghen diversche authentique houde memorien van die noblesse van vlandre. » — Fol. 35. « sepulturen... te damme (copies d'épitaphes.) » — « Dit naervolghende syn alle die guene die int steecspel van den heere van Gruuthuse waren 1392 opden XI en dach van maerte. » — Fol. 42. v. « Van Jherusalem. Dese naervolghende hebben te heiligh lande gheweest. »—(Liste des nobles Flamands qui ont visité Jérusalem ; remarques fol. 43 : « Daer aels nu 1548 memorie of es ; » quelques dates ont été ajoutées plus tard ; la plus récente est 1558). — Fol. 52. « Généalogie de Flandres. » (en flamand, sur la descendance du fils naturel de Louis van Male). — Fol. 60. « Diversche memorien hut den bouc van leenen van die van theymseke. » (Copies de chartes). — fol. 70. « Memorien van nieuwe gheslachten ende nieuwe wapens nu opghecomen. »

Un feuillet de parchemin autrefois détaché (écriture ancienne) porte le titre : « Cronique antiquiteyten, sepulturen annotatien ende genealogien van Vlaenderen, geschreven anno 1540 et post door mher Corn. Gaillard, Ridder » (fol. 3). Cette assertion est répétée dans d'autres notes plus modernes.

XVIe siècle. — Papier. — 72 feuillets. — 280 sur 290 millim. — Acq. nouv.

76. Recueil de chartes, manuscrits et imprimés concernant la ville de Bruxelles.

1° (sur parchemin) f° 1. « Dit is den lants saertere in d'ammanscap van bruesele. Wi Jan bider gratien ons heeren » ... Fin (f° 8 v.) « mccxc. en de II.— Explicit anno domini m.cccc ende LXIIII ultima die f bruarii. »—Charte accordée à *l'ammanscap* de Bruxelles ; voir Wauters, Table Chonologique (Coll. des Choniques Belges), VI, 401.

2° Sur parchemin (f° 9. 2.) « Jan bieder gratien gods. » Fin f° 162. « Hi hadde émmermeer onsen dienst verboert. » — Charte de Rode et de Wambeke ; analogue à la précédente. — Semble de la même main que n° 1.

3° (Parchemin ; autre main que les pièces précédentes) (f° 17-21) *a* lettre du duc Jean III, accordant des privilèges à la ville de Bruxelles (13 décembre 1326).— *b* Keure donnée par le duc Henri II à Bruxelles. (voir Wauters, o. c. IV. 81.)— Écriture du XVe siècle.

4° f° 22. « Copie van het eerste octroye hoe men twater uyt het Schelde tot Bruesel herwaerts brengen sal. » (Juin 1477). — Imprimé du dix-septième siècle.

5° f° 28 « D'advys begrepen te Vilvorden, — IIIe iulio 1466. — Fin. (fol. 35) « ende elckens anderssints. Actum ut supra.» — Sur papier, écrit au XVIIe siècle.

XV-XVIIe siècle. — Parchemin et papier. — 35 feuillets. — 190 sur 140 millim. — Acq. nouv.

77. Copies d'épitaphes avec dessins des blasons et notes généalogiques. — p. 1-294 notes (p. 1-2 vides); p. 295. Index (des noms de familles) — p. 314-318 vides; p. 319-321 notes supplémentaires. — Fin (p. 32.) « fille de Jean, Seigneur de Vinderhoute.» On ne trouve pas de date postérieure à 1723 (p. 145).

XVIIe siècle. — Papier. — 321 pages. — 195 sur 155 millim. — Acq. nouv.

78. Minutes de dépêches envoyées par G. van Boetselaer, seigneur de Langerak, ambassadeur des États-Généraux à Paris.

1° (f° 1-52). Dépêches du 4 août 1614 au 27 septembre de la même année; on a inséré par erreur dans ce recueil une lettre de 1625 (f° 7 ss.) — Titre : «Registre de mes Depèches envoyées aux Mes seigneurs les Estats généraulx et aux amis, commençant du dernier de juillet l'an XVI^c XIV. »

2° Dépêches du même aux mêmes, du 28 février 1625 au 8 mars de la même année.

Provient du fonds S. Germain (ancienne collection Séguier.)

XVIIe siècle. — Papier. — 67 feuillets. — 340 sur 215 millim. — Saint-Germain franç. 725.

79-91. Dépêches et « journalier » (1) du même ambassadeur, de janvier 1615 à décembre 1629. — Il y a quelques lacunes dans la série des dépêches; la plupart correspondent à des ambassades extraordinaires envoyées en France, pendant la durée desquelles Boetselaer n'envoyait pas de dépêches en son nom; cependant l'absence des dépêches de juin 1617 à septembre 1618 ne peut s'expliquer que par la perte d'un volume. — Cette lacune ne se trouve pas dans le journal. — Les lettres aux États sont écrites en hollandais, celles au prince sont souvent en français, le journal est le plus souvent redigé en français.

I. (n° 79). — Dépêches aux États-Généraux, à Oldenbarnevelt, et au Prince, du 20 janvier 1615 au 20 septembre de la même année.

II. (n° 80). Journal de janvier 1615 au 10 juin 1616.

III. (n° 81). Dépêches aux Etats-Généraux, du 6 janvier 1616 au 29 nov. de la même année.

IV. (n° 82) Journal du 12 juin 1616 à mars 1617.

V. (n° 83). Dépêches à Oldenbarnevelt, au Prince Maurice, etc. du 24 juillet 1616 au 13 juin 1617.

VI. (n° 84). Journal du 3 avril 1617 au 16 janvier 1619.

---

(1) Ce titre se trouve vol. XII (N° 90) f. 1.

VII. (n° 85). Dépêches du 15 septembre 1618 au 26 septembre 1621. (aux États-Généraux).

VIII. (n° 86) Journal du 22 janvier 1619, au 1er avril 1625.

IX. (n° 87). Dépêches au Prince Maurice, du 28 février 1620 au 15 novembre 1621. — Dépêches aux États-Généraux du 29 septembre 1621 au 12 décembre de la même année.

X. (n° 88). Dépêches aux États-Généraux et à Maurice, du 29 septembre 1621 au 31 mars 1623 (quelques feuillets ont été déplacés ; la lettre la plus ancienne se trouve f. 9 et le volume commence par une dépêche postérieure, du 19 déc. 1621).

XI. (n° 89). Dépêches aux États-Généraux et aux Stathouders Maurice et Frédéric Henri, du 7 avril 1623 au 14 février 1625.

XII. (n° 90). Journal et dépêches du 7 avril 1625 au 10 avril 1627, avec lacune du 7 mai 1625 au 7 janvier 1626 ; voir f° 6 verso. — Dépêches du 25 avril 1628 au 28 décembre 1629, avec lacune d'avril 1627 à janvier 1629; voir f° 132 verso. — Ajoutées à la fin (f° 171 v.) deux dépêches de 1626 sur plus grand papier.

XIII. (n° 91) (volume mutilé au début et à la fin) de mars 1625 au 25 janvier 1627 ; avec lacune de décembre 1625 à mai 1626 ; voir f° 78 verso.

XVII siècle. — Papier. — 199-200-194-164-140-200-261-287-140-132-273-256-174 ff. — La plupart des vol. ont 300 ou 310 sur 200 millim ; n° 87 a 330 sur 210 millim.; N° 88 a 360 sur 250 millim. — Saint-Germain, fr. 726, 1-13.

92. Tragédie en 5 actes, en vers ; titre (page A,) « J. Vincks Darius of vermoorde Doorluchtigheyt ». — Page C. Dédicace en vers à Ph. Graswinckel, signée « J. Vinck 1659. » Imprimé à Amsterdam en 1663; cf. Catal. Toon. Maatsch. Letterk, n° 1518. — Page A, frontispice colorié. — Dernier vers (p. 70) « Dit is de uytgang van dien gruwelycken snooden ».

XVII° siècle. — Papier. — 200 sur 150 millim. — 70 pp. + 4 pp. prélimin. — 200 sur 150 millim. — Acq. nouv.

93. Comédie en un acte, en vers, titre : « De stomme Schildwagt of de Bedrooge Minnaer., Klugtspel door Nicolaas Zeeman. » — Imprimé à Amsterdam, 1755 ; cf. Catal. cité n° 6643.

XVIIIe siècle. — Papier. — 210 sur 155 millim. — 19 ff. — Acq. nouv.

94. Pantomime en trois actes, intitulé : « De gelukte Liefde door Tovery. » — Probablement une traduction ; non mentionné Catal. Maatsch. Letterk. — Début (fol. 1) « Pantalon sittende aen een tafel, synde besig met schryven. » — Fin (fol. 14 v°) « waerop er een ballet gedanst wordt. »

XVIIIe siècle. — 14 ff. + 2 ff. préliminaires. — 205 sur 150 millim. — Acq. nouv.

95. Livre d'heures avec calendrier.

F. A verso (préliminaire) indications du nombre d'or, etc. pour les années 1436-1451. — Fol. B. Calendrier.

P. 1. « Hier beghinnen die ghetiden van den toecomst ons liefs heeren. »

P. 121 : « Hier beghint die commune der heilighen. »

P. 177. « Hier beghint die metten van der sonnendaghe. » (psautier complet ; cf. une note du dix-huitième siècle sur une feuille de garde au début). — Page 315 : hyer syn die letanyen. »

P. 325 : « die langhe vighelie. »

P. 351 : « die ghetiden van den heligen paeschdaghe » — P. 493 (fin) « die compleet van den daeghe. »

On remarque les heures suivantes : St André p. 8 ; — Ste Barbe, p. 16 ; — Ste Lucie, p. 2g ; — Ste Agnès, p. 63 ; — Ste Agathe, p. 75 ; — Ste Marguerite, p. 402 ; — St François, p. 453 ; — St Martin. p. 473 (1). —Ste Cécile, p. 481 ; — Ste Catherine, p. 486.

Le calendrier et les litanies montrent que le ms. a été écrit dans le diocèse d'Utrecht.

P. 494 (main du XVe siècle) « dit boec heeft gescreuen jans ghysbrechz brouwer van delft ende burghemester anno XIIII hondert ende XXXVI ende was een groetevaar van Aele eueres myn moey ». Suivent d'autres notes généalogiques sur la même famille — (cf. la note en tête du ms).

Ms acheté en 1872.

XVe siecle. — Vélin. — 493 pp. + 8 ff. préliminaires. + 2 ff. supplémentaires — 220 sur 145 millim. — Acq nouv.

96. Copie d'un pamphlet anonyme, imprimé en 1784 — Titre (p. 1) Aan het volk van Nederland. — Fin (p. 76) « Ik ben, volk van Nederland, waarde Medebugers, Ulieder getrouwe Medeburger. Ostende den 3 september 1781. »

L'intérêt de cette copie réside dans une note anonyme, en français, qui dit : « le 5 avril 1788, Mr l'ex-professeur Valckenaer me dit que Mr de Capelle de Pol avoit fait cet ouvrage ; que ce dernier avoit été imprimé à Lingen, et que M. van der Mark, qui était alors professeur en cette ville, avoit présidé à l'édition. »

XVIIIe siècle. — Papier. — 76 pp. — 220 sur 140 millim. — Acq. nouv.

97-101. Bible, suivant la traduction synodale. Titre (vol. I) : « Nederduitsche Bybel, metde Apocryfe Boeken, naar de Synodaale Overzetting, geschreven door Barend Gerbrand Homoet. A[o] 1737 ». On suit l'ordre des livres dans les bibles synodales ; l'Ancien Testament, le Nouveau Testament et les apocryphes sont précédés d'introductions. — Vol. I, Genèse à Samuel II ; — vol. II, Rois I à Cantique des Cantiques ; — vol. III Prophètes ;— vol. IV. Nouveau Testament; Catéchisme ; — vol. V. Apocryphes.

XVIIIe siècle. — Papier. — I. 3 + 29 + 212 ff. ; II, 224 ff. ; III, 195 ff. ; IV, 30 + 235 + 27 ff. ; V, 6 + 280 ff. — Acq. nouv.

---

(1) Rubrique : «van den heylighen bisscop sinte martijn *onse partroen.*»

102. Livre des rentes du seigneur de Ninove. Fol. 1 « Rentbouc myns gheduchten heere van sineu heerliken ende erflicken renten van sinen heerscepe van Nineue, vernieuwet int Jaer ons Heeren m. iiii c lxvii. deus assit. — Die abdje van Nieneue van sconuents mersche ». — Fin (fol. 46 v.) « i vat euenen, i capoen. »

XVe siècle. — Parchemin. — 45 feuillets (1). — 300 sur 220 millim. — Acq. nouv.

103. Advertissementen oude Consultatien, deel I (titre au dos, voir plus haut, No 6).

1. « Enquête encommenchie en la ville de Gand, le XVIIe jour d'aoust, l'an soixante-seize, par nous Estienne de lignana (?) et Philipe witland, conseillers de monsr. le duc en son parlement, à Malines. » Tourbe faite à Gand, 17 août 1476. — En français.

2. Enquête faite à Audenarde et autres endroits, janvier 1604.

3. Enquête faite à Gand et autres endroits, juin 1600 (en franç.).

4. Consultation en matière de droit canon (en latin) Gand, 24 février 1617, signée Bossier, etc.

5. Consultation en matière de droit canon (en franç.), Cambrai, 22 mai 1689.

6. Consultation donnée à Gand, le 25 septembre 1658, signée Parmentier, etc. (procès Ekelsbeke contre Axenbourgh).

7. Protestation contre l'élection, aux États de Flandres, d'ecclésiastiques originaires du Brabant, signée J.-C. de Smet (1700).

8. Les curés de la Flandre occidentale au Conseil du Roi [de France], contre les évêques de Saint-Omer, etc. (vers 1678). Imprimé. — (Les Nos 9-15 se rapportent aux mêmes questions).

9. Les villes et châtellenies des Flandres occidentales au Conseil du Roi (contre les mêmes). Imprimé.

10. Mémoire des évêques de Saint-Omer, etc.

11. Les États du ressort du Parlement de Tournay, au Roi. Imprimé.

12. Arrêt du Conseil Privé, 3 août 1798. Imprimé.

13. Arrêt du Conseil privé, 2 mai 1696. Imprimé.

14. Mémoire pour les États du ressort du Parlement de Tournai. Ms.

15. Appendice (à l'avertissement des évêques). Imprimé.

16. Avertissement pour P. Cardonen contre A. de Berg.

17. Consultation (Gand, 30 avril 1700). signée Smidt.

18. Avertissement pour A. Gœthals, contre A. Hallaert, devant le Conseil de Flandres.

19. Avertissement pour B. Broeders contre C. van Gheeten, devant le Conseil de Flandres.

20. Consultation donnée à Gand, le 20 juillet, 1688, s. Ameye.

21. Avertissement pour B. de Schietere contre de Reegheling.

22. Avertissement pour J. de Putter, contre J. de Keyser.

---

(1) Par erreur de pagination le ms compte 46 feuillets, f. 34 a été oublié.

23. Sur l'affaire de la veuve van Daster, contre C. van Reisschot.

24. Réplique pour les hoirs de la veuve Maerschalc contre J. van Kerckhove.

25. Consultation donnée à Gand, le 18 septembre 1679, signée de Smidt.

26. Consultation donnée à Gand, le 4 décembre 1681, signée van Heule, etc. (sur la destitution du greffier de Meslines ; en français).

27. Consultation dans l'affaire de J. de Richebourg (inachevé)

28. Second avertissement pour J. van Hoorebeke c. s. contre P. de Briaerde.

29. Contre-avertissement pour J. van Herraerts contre J. van Slooten.

30. Solutions pour A. Blanckaert, c. s. contre veuve de Dannoye.

31. Avertissement pour J. de Richebourg c. s.

32. Consultation donnée à Malines le 28 octobre 1683, signée de la Porte. (en franç.)

33. Sur Rubr. XV, art. XXXI de la Coutume de Courtrai (Mars 1627); signé Gœghebuer.

34. Consultation sur la succession Leersnyder (Courtrai, 17 décembre 1699 sur la succession Colombier (Gand, août 1657).

35. Avertissement pour le Wenemaers-Hospitael à Bruges, contre J. Lammens (vers 1691)

36. Consultation (Gand, 4 octobre 1674) signée van Huele.

37. Avertissement pour la douairière Quincy contre les Conseillers fiscaux du Conseil de Flandres.

38. Consultation donnée à Gand, 5 novembre 1397, signée de Smidt, etc.

39. Motif de droit pour les tuteurs de P. Lanoy, contre le bailli de Bouckhaute.

40. Triplique pour J.-B. de Doys, contre J. de la Faille.

41. Consultation donnée à Gand, le 24 septembre 1677, signée Pouillon.

42. Avertissement pour la veuve Matton, contre H. Mortgat.

43. Consultation dans l'affaire van Puthem, 23 avril 1661, signée Cutere.

44. Avertissement pour J. de Richebourg c. s., contre F. van der Haeghen.

45. Consultation dans le procès de la douairière Sautelino (16 septembre 1682).

46. Consultation donnée à Gand, le 16 avril 1698, signée de Smidt, etc.

47. Consultation sur le contrat de mariage de S. Coelembier.

48. Avertissement (?) Le début manque.

49. Preuve de droit pour F. de Cherf contre J. Hippolyte (en franç.)

50. Consultation donnée le 18 octobre 1689, signée de Smidt.

51. Consultation donnée à Gand, le 2 janvier 1679, signée de Pouillon.

52. Consultation dans le procès de van Pottelsberch, contre la douairière de Courières (janvier 1690), signée Ameye.

53. Sentence de la Cour spirituelle de Bruges, condamnant P. Lobijn à l'exil, pour cause d'hérésie. En latin (10 septembre 1638).

54. Reproche contradictoir pour les demoiselles L. et F. Wauters contre Ph. Wauters.

55. Preuve pour Ph. Wauters (1652).

56. Le bailli et vassaux du Vieubourg de Gand, contre L. de Cothel. (1699).

57. Summa ad articulum XIII du Coutumier du Franc. En latin.

58. Sur art. 50 de la Coutume du Franc. (en latin).

59. « Ad decretementum. » Sur la rédaction des Coutumes (en latin).

60. Motif de droit pour les ecclésiastiques et les quatre membres de Flandre (si les Brabançons peuvent avoir offices en Flandre).

61. Consultation donnée à Lille, le 8 août 1677, signée A. Raes, etc. (en franç.)

62. Obligation des seigneurs de clocher pour les tailles dissipées par leurs gens de loi. (en français).

63. Avertissement pour J. Steemare, contre la veuve van der Vaet.

64. Avertissement pour J. de Cnuydt, contre G. de Cnuydt ; cf. 9,43.

65. « Universitas. — Major pars ... obligat minorem » etc. En latin.

66. Déduction de droit dour le greffier du Conseil de Flandres cf. 552. « Tafel ».

XVe — XVIIIe siècle. — Papier. — 563 feuillets. — 320 sur 310 millim. Acq. nouv

104. Pièce de circonstance, en vers. Titre : « de Vrolykheid, Voorspel,» jouée le 28 février 1753, au théâtre de La Haye, pour l'anniversaire de la princesse d'Orange. — L'auteur est J. Brasser, Jr. (Catal. Tooneelst. Maatsch. Letterk. N° 8025.)

XVIIIe siècle. — 19 pp. — 160 sur 100 millim. — Acq. nouv.

105. Traité de géomancie. f. I « Hyr begint die gloze auer die ghomancie des konings ptholomez die ghemacket is van mamet den meister. » — Fin (f. 110) « Dit boec der geomancyen was gheeyndt ende ghescreuen int jaer ons heeren dusent vier hondert ende twelue opten twentichsten dach der maent van julius.»

On distingue dans ce ms. deux parties : 1° de f. 1-52; 2° de f. 57-110 (f. 53-56 sont vides). Elles diffèrent par la disposition (la première a deux colonnes par feuille, la seconde est à longues lignes) : par l'écriture, enfin, par le dialecte (dans la première partie on trouve des formes bas-allemandes qui ne se rencontrent pas dans la seconde). Cependant le ms n'est pas la réunion de deux mss. matériellement distincts, car les signatures continuent régulièrement (a-o). — Avec figures.

Transmis par le département des imprimés.

XVe siecle. — Papier. — 110 ff. 315 sur 220 millim.

106. Chronique de Flandre jusqu'à la mort de Philippe-le-Bon. — F. 1 « Dit es de tafle van der cornike van Vlaenderen beghinnende van Liederic de Buc toten houerliden vanden hertoghe Philips, ende wat blat dat elc syn regnacie beghinnen sal. » Fin (f. 237) « Hier mede endet desen bouc beghinnende van Liederich de Buc tot den ouerlidene vanden hertoghe Philips saligher memorie. Ende was desen bouc begonnen te scriuene den XIIsten dach in octobre, int jaer m. iiiic ende xciii. Ende was vulhent den xiii sten dach in april in jaer m. iiii ende xciiii Niet voor weldoen ende blyde syn. »

Une note ms en français (main moderne) dit que cette chronique est identique à celle qui parut (avec quelques changements et des suppléments jusqu'à Charles-Quint), à Anvers, en 1531, sous le titre : « Excellente Chronyke van Vlaenderen » (1). Note sur une feuille de garde à la fin : « 1858. Verkooping van der Gracht te Gent. »

XVe siècle. — Papier — 327 feuillets. — 260 sur 190 mill. — Acq. nouv.

107. Fragments des cantiques du Psautier, en latin (correspondant à Isaïe, XXXVIII, 18-20, I Rois, II, 1-2, 5-10, Abacuc, III, 17-19, Deutéronome, XXXII, 1-4, 9-13) avec traduction interlinéaire en dialecte francique. Ils ont été publiés et décrits dans la Bibliothèque de l'École des Chartes, t. XLVI, p. 496, comme faisant partie d'un ms perdu des Psaumes dits « de Wachtendonck, » et soumis à un examen au point de vue linguistique par M. J.-H. Gallée, dans Tijdschrift voor Nederl. Letterk. t. V. p. 274. M. Gallée est arrivé à un résultat différent ; il croit que les fragments appartiennent à une traduction jusqu'ici inconnue, et qu'ils ont été écrits dans la vallée du Rhin, aux environs de Coblence. — Trouvé dans la reliure d'un ouvrage imprimé.

Xe siècle. — Parchemin. — 183 sur 225 millim. — 2 feuillets. — Acquis nouv.

108. Livre d'heures.— Début (fol. 1 r.) « KL. Ianuarius heeft XXXI dagen Die maen heeft XXX dagen. Fin(fol. 183 v.) « Ghebet. Verbliden wi ons in den heere. »

Fol. 1-11, calendrier ; fol. 12 à la fin, prières. — Fol. II v. en bas : « Alsmen wil gaen totten waerdighen heilghen sacramente soe les dit. » — Entre fol. 77 v. et 78 r. lacune (fol 78 r. en haut... « hardet niet uwe herten ghelijc dat uwe vaderen mi vertoernden... ») — Le ms semble inachevé. — Il doit être originaire du diocèse d'Utrecht, d'après les saints nommés dans le calendrier. — Exécution très soignée. — Acheté en 1886.

XVe siècle. — Vélin. — 180 sur 125 millim. — 183 feuillets. — Acquis. nouv.

109. Traduction de la « Somme le Roi, » du frère Laurent ; voir plus haut N° 31 Début fol. Ar : « Hier beghint die tafelen van desen boecke. » Table, 3 ff (A-C). — Fol 1 r : « Hier beghint des conincx summe. Die prologhe ». Fin (fol. 93 v°) : « op dat si de vrucht des levens moghe*n* draghe*n*. Deo gra*tias*. » — Le ms. appartient au groupe dans lequel le traducteur se nomme Jan van Brederode (« ic broeder Ian van brederode, conveers vander carthusers ordene tot zeelen... hebbe... ouergheset vut den fransoise i*n* dietsche. Int iaer ons heeren. M. CCCC. en de VIII... » (Acheté en 1886.

XVe siècle. — Parchemin. — 200 sur 135 millim. — 93 + 3 feuillets. — Acquis. nouv.

(1) La Bibliothèque nationale ne possédant pas cette chronique imprimée, il n'a pas éré possible de vérifier l'exactitude de l'affirmation.

110. Procès verbal de la vente des mss. de la bibliothèque de Jean Meerman. 1824. (Copie.)

XIXe siècle. Papier. 30 feuillets.

TABLE ALPHABETIQUE. (1)

Abc (Méditations dévotes par). 37 (33-35).
Achte (van). 20.
Ackere (P. van), procès. 9 (37).
ADRIANI. Consultation. 6 (50)
Aersens (J.) Requête. 8 (61).
Alegambe (J.). 8 (65).
Allaert (J.) 22.
Allegambe (A). Procès. 6 (64).
Alost (députés du pays d'), requête. 8 (53). — Voir: Catherine (S.).
Alstyn (G. van), procès. 9 (33).
Altsteyn (veuve van), procès. 8 (86).
Ambachten (Boec van den). 16.
AMEYE, avocat. 7 (46). 8 (83). 9 (28). 103 (20).
Amsterdam, voir Lucie (S.).
Ancien Testament (traduction de livres de l'). 2. 38.
ANSELME (Saint). Traductions de fragments. 32 (2). 35.
Anvers. Description des tableaux à la cathédrale. 19.
Apocalypse. Traduction. 3.
Appels (M. Triest, douairière), procès. 6 (66).
Archies (baron d'). 8 (12).
Arents (L.). procès. 6 (80).
Assenede (confrérie à). 46.
Audenarde, Enquête 103 (2). — Moulins. 8 (30). Couvent de Sion. 8 (30).
Audenburg, voyez Vieubourg.
Autmoreghem, seigneurie. 8 (55).
Auweghem, voir Triest.
Avertissements. 6-9. 103. Passim.
Avesnes. Généalogie de la famille. 75.
Axenbourgh, procès. 103 (6).
Ayon (L. A. et veuve), procès. 9 (40).

Backere (J. de). 9 (12).
Backere (J. de). procès. 9 (27).
Bade (Anne, margrave de). 7 (35).
Baert (Adrienne). 8 (110).
Bagnols. 7 (4).
BAHNSEN EYDORA (B.), traité de mathématiques. 18.
Banda (satire contre un gouverneur de). 61.
Bane (J. de). Procès. 6 (6).
BARTJES, traité de mathématiques, extraits. 18.
Basseghem (seigneur de), Voir Wadripont (C. de).
Bast (de). 24.
Bast (M. J. de). 20.
Batavia (Poésies faites à). 61.
Bauchant (seigneur de). 6 (26).
Bavon (S.) cathédrale de Gand. 6 (71).
Becq (de), avocat. 7 (62).
Beeckman (veuve), procès. 8 (4).
Behaeghe (G.). 8 (100).
Beiens (C.), procès. 6 (73).
Beke (A. A. van der), procès. 6. (71).
Belle, voir Gilles (Saint).
Belle (métier de), procès. 8 (6).
BELOT, traité de mathématiques, extraits. 18.
Bemaer (F.), procès. 7 (23).
Bemaer (J.). 7 (23).
Beneden (B. van). 7 (64).
BENRICY. Consultation donnée par lui. 8 (61).
Berckel (J. van). 6 (26)
Berg (A. de), procès. 103 (16).
Bergues (ville de). Dîmes. 8 (6).—Voir: Saint-Winock.
Berlaques (A. de), procès. 9 (27).
BERNARD (S.). Psautier de la Vierge à lui attribué. 43.—Testament. 40.—Traité à lui attribué. 32 (3).
Bertoge (J. F. de). 7 (5).
Bertolli (A.), procès. 8 (34).
Bible (traductions de la). — Traduction synodale. 97 à 101. — Ancien Testament. 2. 37. — Apocalypse. 3. — Psautier, 95. — Cantiques du Psautier, 107.
Biechtspieghel. 32 (9).
Bisaccia (duc de). 8 (50).

(1) Les chiffres qui suivent immédiatement le nom indiquent le numéro du manuscrit; les chiffres placés à la suite, entre parenthèses, la subdivision; ainsi 6 (50) correspond à l'article 50 du manuscrit N°. 6. — Les noms commençant par *van* sont placés sous le nom principal: Achte (van). Snikt (van der). — Les noms en petites capitales indiquent les auteurs.

Bisscop (A. de), procès. 6 (42).
Bisscop (J. de), procès. 6 (42).
Blanckaert (A), procès. 103 (30).
Blankenheim (F. van), évêque d'Utrecht. — Chartes accordées par lui au pays de Drenthe. 45 (4).
Blasere (A.), consultation donnée par lui. 8 (9. 15.)
Blende (A. de), histoire de Bruges. 50-53.
Bock. Consultation. 8 (13).
Boèce, *de consolatione philosophiæ*. 1.
Boene (M.), procès. 8 (87. 117).
Boesynghe, procès. 9 (8).
Boetselaer (G. van), seigneur de Langerak, minutes de dépêches diplomatiques. 78-91.
Bogaerde (G. van den). 21.
Bolle (Marie), requête. 8 (47).
Bollenus (J.), procès. 7 (72).
Bonaventure (S.), traduction d'un traité qu'il lui est attribué. 32. (4).
Bonne (Johanna). 7 (29).
Bonne, consultations et notices. 8 (28. 30. 65. 67). 9 (17).
Bonner (J.), avocat. 7 (1).
Borggraeve. 22.
Borluut (C) seigneur de Schoonbergen. 9 (41). — (Douairière). 9 (41).
Borry. Consultations. 8 (78. 90.)
Bosch (J. opden). 20.
Bosquel (veuve du) procès. 9 (32).
Bossche (van der). 21.
Bossche (R. van den), procès. 8. (72.)
Bosselaer (F. J.), procès. 9. (11).
Bossier. Consultations. 6 (37, 75.). 8 (10, 59, 60, 71). 103 (4).
Bossuyt (Marguerite). 8 (63).
Botterman (veuve). Procès. 7 (52).
Bouckhaute (bailli de). 103 (39).
Bourbourg (abbaye de), pouillé. 11.
Bourgogne (L. de). 6 (26).
Bourgoigne (L. F. de). Procès. 6 (1).
Boussu (comtesse de). Requête. 8 (49).
Bovehaute (ville de). 7 (39).
Brabant (le). Guerres contre les seigneurs de Grimbergen. 67. — Traité avec la Flandre. 67.
Braem (J.). 7 (29).
Braem (P.). Procès. 8 (24).
Braem (P.). 7 (29).
Brakelman. Consultation 8 (112).
Brandenburgh (L. van). Procès. 6. (9). 8 (3).
Bras. (A). Procès. 6 (67).
Brasser (J.), auteur dramatique. (104.)
Brederode (J. van), traducteur de la « Somme le Roi » 109. — Voir : Rode.
Briaerde (P. de). 103 (28).
Brias (B.). Procès. 7 (77).
Broeders (B.). Procès. 103 (19).
Broglie (de), évêque de Gand. 20.
Bruges. — Chambres de rhétorique. 25-27. — Cour ecclésiastique. 103 (53). — Coutume. 15 (1). — Décadence de la ville. 69. — Epitaphes dans les églises. 68 (2. 3). 70. 71. 73. — Histoire de la ville, 14. 50-53. — Interprétation de la coutume. 8 (96). — Keure sur la bière. 15 (1). — Procès engage par la ville. 7. (19). — Règlement de la procèdure. 15 (1). — Requête de la ville. 7 (18). — Voir : Die lydt verwint. Franc. Joûtes. Myn werck is hemelyck. Slaet doogh op Christi cruys. Wene maers.
Bruxelles. Cartulaire. 4. — Recueil de chartes. 76.
Bye (J. de la). Procès. 7 (73).

Caju (de). 22.
Caluwaert (J.) Procès. 6 (13).
Calvart(J. J. de). Requête. 8 (48).
Cantique des Cantiques (commentaire sur le). 28. 30.
Cantiques du Psautier, fragments. 107.
Capelle tot den Pol (J.-D. van der). Pamphlet qui lui est attribué. 96.
Cappelle (A. van der). Procès. 8 (16.)
Cardonen (P.). Procès. 103 (16).
Carmélites à Gand (maison des). Procès. 8 (12).
Carmélites. Procès. 6 (20).
Cartulaire de Bruxelles. 4. — De Gand, 5.
Caster (J. van) 24.
Catherine (chambre de S.), à Alost. 20.
Chariclée et Théagène, drame. 59.
Charlemagne. Privilège aux Frisons qui lui est attribué. 4.
Charles Quint. Lettres. 5 (9). 15 (2).
Cherf (F. de). Procès. 103 (49).
Chimay. Voir : Boussu.
Chirurgie (traite de). 54.
Chronique de Flandres. 106.
Claeyssens (P.). Procès. 8 (79.)
Clara-polder (le dykgraaf du). Procès. 9 (7).
Clarebaut. 8 (110).
Clarisses (règle des). 40.
Clerck (J.-B. de). 21.
Clerck (L. de). Procès. 7 (48).

Clercq (C. de). Procès. 7 (77).
Clercq (P. de). Procès. 7 (66).
Cnuydt (G. et J. de). Procès. 9 (43). 103 (64).
Cobrysse (C.). 7 (10).
Cobrysse (J.-B.) 7 (10).
Cock (L. de). Procès. 8 (42).
Cock (P. de). Procès. 6 (15).
Cockere (C. de). 8 (81).
Cocquyt (P.). 8 (29)
Coelembier. (S.) 103 (47).
COIGNET (M.). Notes de géométrie. 56.
Colbert (J.-B.), propriétaire de mss. 2. 16. 54.
Collin. 22.
Colombier (sur la succession). 103 (34).
Coneghem (veuve du seigneur de). Procès. 6 (64).
Confession (Miroir de la). Voir : Biechtspiegel.
CONINCK (de), avocat. 6 (3. 4. 37). 8 (113).
Conynck (de). Voir : Coninck.
Conseil Privé des Pays-Bas. Arrêts, 103 (12,13). Lettres, 8 (42 43). 9 (35).
Conseiller fiscal du roi (le) Procès. 8 (105).
Conseillers fiscaux. Procès. 103 (37).
Consolatione philosophiæ (de) par BOËCE. 7.
Constant (devise de propriétaire de ms.). 29.
Consultations. 6 à 9. 103. passim.
Contalis (R.). Procès. 6 (84).
Coosmans (Marie). 8 (61).
Coppenolle (C.). 8 (42).
Cornelis (F.). Procès. 8 (115).
Corte (J. de). Procès. 6 (8).
Corthals (J.). 6 (26).
Cottrel (L. de). 103 (56).
Coudron (J.-J.). 21.
Courières (baron de). Procès. 8 (111).
Courières (douairière de). 7 (42). 8 (100). 103 (52).
Courtray. Interprétation de la coutume. 103 (33).
Coutumes (sur la rédaction des). 103 (59).
Couvreurs (métier des) à Gand. 6 (6).
Craeyens (J.) 8 (65).
Cretons (Dingene de). Acte de mariage. 15.
Croeser (J. de). 71.
Crombrugghe (Anna van). 6 (17).
Crombrugghe (G. de). 7 (25).
Crombrugghe (J. van). 7 (30).
Croy. Voyez : Crupigny.
Crupigny (Anna de Croy, comtesse de). 6 (62)
Cruyl (veuve). 9 (28).
CRUYSSERE (de). Consultations. 9 (3).
Curés de campagne. Sur les charges qu'ils doivent payer. 9 (1).
CUTERE. Consultation. 103 (43).

Dader (veuve van). Procès. 6 (38). 103 (23).
Dagdief (De). Farce. 64.
Dally (Engelbert). 7 (71).
Dally (veuve). 7 (71).
Damhoudere (J. de). 71.
Damman (F.). Procès. 7 (53).
Damme (épitaples à). 75.
Damme (P. van) Procès. 9 (32)
Daniels (J.) Procès. 6 (9).
Darius, tragédie. 92.
Daumeels (J.). Procès. 8 (3).
Décalogue (explication du). 32 (1).
Défense de la religion, par de Groot. 34.
Delaunay. Sentence contre lui. 7 (59).
Delens (veuve). Procès. 8 (111).
DELRIO. Consultations. 9 (2).
Delsart. (J.). 6 (79).
Delvael (J.). Procès. 7 (79. 80. 81 *bis*.)
Delvael. (G.). Procès. 7. (79. 80. 81.).
Delvael (veuve) 7 (79. 81 *bis*.)
Demandole (J.). Procès. 8 (9).
Dendere (J. van der), avocat. 6 (76).
Derrière (J. de la), son acte de mariage. 15 (1).
Deseyn (M.). 24.
Deuse (G. de la), sa succession. 9 (26).
Dévotion (traités de). 37.
« Die lydt, verwint » (chambre de rhétorique à Bruges.) 24. 27.
DIENBERGHE (J.-B.). Pièces relatives à des chambres de rhétorique. 20 à 24.
Diepholt (R. van), évêque d'Utrecht ; charte qu'il accorde au pays de Drenthe. 45 (4).
Dierick (veuve). Procès. 8 (95).
Dierix (A.). Procès. 6. (12. 68).
Dîmes (sur les). 7 (4. 84). 8 (6).
Dixmuyde (seigneur de). 6 (77).
Dixmuyde (habitants de). 8 (35).
Dobbelaere (Elizebeth). 7. (29).
Domburg (antiquités trouvées à). 10.
Donckt (van der). 22.
Doodschuld (engagement à payer la). 46.
Doys (J.-B. de). 103 (40).
Drenthe (coutumes de) 45 (4).
Drie Santinnen (de). Chambre de rhétorique à Bruges. 24. 27.
Droesbeke, 7 (46. 87).
Droit féodal (traité de). 5 (4). 15 (1).
Dryelof (F.). Procès. 8 (19).
Dryenbrugghe (G.). 9 (43).
Dyck (A. van der), propriétaire de mss. 15.

Ecclésiastiques. Voir : Flandre.

Echevins de Gand. Voir : Keure, Parchons.
Ecloo (ville d'). Procès. 7 (13).
Ecoles. Voir : Pauvres.
Edit Perpétuel de 1611 (sur l') 7 (44). 9 (35).
Eggheryck (Gérardine). 8 (74).
Ekelsbeke. Procès. 103 (6).
Elsland (L. van). Poésies 61.
EMBDEN (G. Cz. n. van), auteur de « Théagène et Chariclée. » 59.
Emsteyn (« epistele van ».) 32 (7).
Epitaphes (Recueil d'). 74 77.
Epo (B.). 6 (19).
Etats. Voir : Flandres.
États généraux des Provinces Unies. — Dépêches qui leur sont adressées. 78-91.
Everghem (paroisse d'). Procès. 9 (36).
Exhortations et prières. 42.
Eydora. Voir : Bahnsen.

Fabri, avocat. 6 (51).
Faille (douairière de la). 7 (89). 8 (23).
Faille (J. de la). 103 (40)
Faille (J. de la), baron de Nevele, sur sa succession. 8 (70).
Faille (J. F. de la). Procès. 7 (90).
Faille (M. de la). Procès. 8. (72).
Faille (P. de la). 7 (89).
Faipoult. 20.
Febvre (J.-B. le). Procès. 7 (90).
Feyne (P. de). Procès. 7 (53).
Fiscaux royaux (les). Procès. 7 (75).
Fiwelinge land. Coutumes. 45 (1. 2. 3).
Flandre. — Chronique 106. Conseil. 103 (66) — Ecclésiastiques du Brabant peuvent-ils siéger aux Etats. 103 (7.60.) — Etats. Procès. 7 (82). — Généalogie des familles nobles. 75. — Intendant. 8 (6). — Procès engagé par la province. 7 (105).
Flandre occidentale. — Requête des curés. 103 (8). — Requête des villes, 103 (9).
Florent (A.). Procès. 8 (115).
Fontaines (J. I. de). Procès. 7 (88).
Fonteyne (L.). 21.
FOPPENS (J). Recueil des épitaphes des églises de Bruges. 73. 68 (2).
Fraisne (Cornélie de). Procès. 7 (68. 69).
Franc de Bruges. — Coutume. 103 (57.58). — Privilèges. 72 — Procès. 6 (34. 40).
France (Roi de). Ordonnance. 8. (6).
Franciscains (règles des) 60.
François de Neufchâteau. 20. 22.
Frans (L.). Procès. 6. (5)
Fransman (J.). 20.
Fransman (W.). Sur son procès. 8 (107).
Frédéric-Henri (Prince), dépêches qui lui sont envoyées. 89.
Frise. — Alliance des villes. 45 (6). — Coutumes. 45 (1. 5).
Frisons (privilége apocryphe de Charlemagne aux). 4
Furnes (dîmes de). 8. (6).

GAILLAERT (C.). Recueil d'épitaphes. 71. — Notes généalogiques, 75.
Gand. — Abbaye de St-Pierre. 9. (7). — Cartulaire. (5). — Coutume. 6 (69, 84 *bis*). 7 (37). 8 (28). — Enquête. 103 (1. 3). — Hospice des lépreux. 7 (20). — Privilèges. 5 (2). — Procès entre l'Evêque et J. Stalins, 8 (92), entre l'Evêque et L. Arents. 6 (80). — Procureur des échevins de la Keure. 9 (34). — Requête du bailli. 9 (21). — Tarif de l'officier criminel. 9 (29). — Voir : Keure (Echevins de la). — Parchons (Echevins des). — Pauvres (Chambre des). — Pauvres (Ecoles des) — Vieubourg.
Geens, avocat. 6 (53).
GEERT [GROOTE ?]. Méditation. 40.
Gemyn (Catherine). 8 (1).
Généalogie, 75.
Géomancie (traité de). 105.
George (religieux de S.), à Gand. 6 (48. 82).
Georges (confrérie de S.) 46
GERARDUS CREMONENSIS (?). Traité de médecine. 54.
GERTZ (B). Journal d'une expédition aux Indes Occidentales. 17.
Gheeten (C. van). 103. (19).
Gheluvelt (seigneur de). Procès. 8 (35).
Ghensere (van), avocat. 6 (21).
Gheyn (van der). 22.
Ghoeyvaers (Lisbeth), propriétaire de ms. 39.
Ghysele (M. van). Procès. 7 (2).
Gilles (Saint). Requête du bailli. 8 (41).
Gillis (J.-B.) 7 (76).
Gillis (« Meester »). 54.
Gobrecht. 22.
GOETGHEBUER Consultation. 103 (33).
Goethals (A). Procès. 103. (18).
Goethals (les héritiers). Procès. 8 (63).
GOLIUS (Z.). Questions adressées à Witsen. 48.
GOUDA (le P.). Sermons. 36.
Gras (A. de). 6 (1).
Grand Conseil de Malines. Avis. 8 (46 à 54). — Lettres.

6 (69). 8 (42 à 44). — Arrêts, 8 (2, 30).
Grave (de), avocat. 8 (7. 113).
Graswinckel (Th). 92.
Greffier du Conseil de Flandre. Procès. 103 (66).
Grimbergen (Seigneurs de) 67.
Grimberghen (paroisse de) 6 (20).
Groningue (coutumes de) 44.
Groot (H. de). Son apologie de la vraie religion 34.
Gros (A. de) Voir : Delens.
Grotius. Voir : Groot
Grute (sur le privilège de la). 15 (1.2).
Gruuthuse (Lodewyc van den), propriétaire de ms. 1.
Gruuthuse (sur la famille). 15 (1).
Guchte (J. van der). Procès. 6 (60.).
Gudule (S.), église à Bruxelles 4.
Gueldere (L. de). Procès. 8 (75).
Gui, comte de Flandre. — Coutumes qu'il accorde à Gand. 5 (2)

Haeghe (J. van der). Procès. 8 (97).
Haeghen (F. van der) 103 (44).
Haelen (van). 21.
Hamayde (de la). Consultation. 8 (39.)
Hamerel. Consultation. 8. (18).
Hane (van). Consultations. 8 (76. 83. 90. 91. 108). 9 (39).
Hane (van den), avocat. 6. (2. 22. 57).
Haren (?). Consultation. 8 (107).
Hautte (van). Consultation. 8.
Havelrike (A. van) 6 (31).
Havere (héritiers van). Procès. 7 (78).
Havre (duchesse de). Requête. 8 (43.)
Hecke (J. van). Procès. 9 (33).
Hecke (L. van). 8 (87. 88. 117).
Heckere (douairière van). Procès. 8 (86.)
Heere (généalogie de la famille De). 22.
« Heilighe Gheest » Chambre de rhétorique à Bruges. 26. 27.
Helias. Consultation 8 (12).
Hellyn (Charles de). Procès. 9 (25).
Henckel. 22. 24.
Henri II de Brabant. — Coutumes de Bruxelles. 76 (2).
Herraerts (J. van). 103 (29).
Heures (livre d'). 29. 60. 95. 108.
Heyden (van der). Consultations. 8 (26. 38 113.) 9. (41. 45)
Heyden (J. van der), avocat 6 (1. 42).
Hippolyte (J.). 103 (49).
Heupen. Voir : Maigrait.
Historia scholastica. de Pierre le Mangeur 2. — extraits, 38.
Hoffmans (J.-B.). 20.22.
Hollande (comtes de). Recueil de leurs comptes. 13
Holleber (de). Recueil d'épitaphes. 74.
Homoet. (B.-G.), copiste. 97-101.
Hondt (P. de) Procès. 7 (80. 81).
Hondt (P. de), avocat. 7 (85. 86).
Hondt (de). Consultation. 8. (104).
Hont, avocat. 7 (29).
Hoorebeke (J. van). Procès. 103 (28).
Horen (van). Consultation. 8 (110).
Hosdeu (baron de) 8 (46).
Hossche (L. d'). 22.
Hotman (François). Extraits de ses œuvres. 7 (41. 83). 8 (25).
Hove (Anna van). 8 (78).
Hove (veuve van). Procès. 6 (39. 81).
Hudson (J.). 9 (21).
Huele (van), avocat. 6 (2. 33. 74) 8 (99). 103 (26. 36).
Huerne (van). 24.
Hulthem (A. van). Procès. 6 (39. 81) 8 (61).
Hunsinge-land. Coutumes. 45 (1-3).

Indes Occidentales (expédition aux). 17.
Intendant de Flandres. 8 (6).

Jan Gysbrechts. 95.
Jansens. Consultation 8. 22.
Jean I de Brabant. Charte accordée à la ville de Bruxelles. 76 (1).
Jean III de Brabant. Charte accordée par lui à la ville de Bruxelles 76 (2).
Jean (hospice de S.), à Bruges. Procès. 7 (13).
Jean sans Peur, duc de Bourgogne. — Lettre. 5 (8).
Jérôme (S). Extrait. 37 (8).
Johanna Corneliens, propriétaire de ms. 39.
Joris (S.). Voir : George (S.).
Joûtes célébrées à Bruges en 1392. 68 (1). 75.
Jubilé de 1600 (Bref sur le). 39.

Kaignart (J.-B). Procès. 8 (38).
Kellaert (A.). Procès. 103 (18)
Kerckhove (J. van). Procès. 103 (24).
Kerrenbroecke (A. van). Requête. 9 (9).

Kersmarken (P. de). 8 (23).
KEULEN (L. van). Traité de mathématiques. 18.
Keure (Echevins de la) à Gand. — Procès. 6 (67). — Procureurs, 9 (34). — Requête 6 (69).
KEYAERTS. (P). Consultation. 8 (61).
Keynjaert (P.-J.). Procès. 7 (88).
Keyser (J. de). Procès. 103 (22).
Kilsdonck (Anna van). Procès. 9 (22).
Kisseghem (J. van). Procès. 9 (24).
Knuydt (G. et J. de) 9 (43). 103 (64).
Kokelfingh (J. de). Procès. 9 (10).
Koninck (de). Voir : Coninck (de).
Kotzebue. 20.
Kriekenborch (Jan van), copiste. 1.

La Bye. Voyez : Bye.
Laere (A. C. van), sur sa succession. 8. (22).
Lammens (J.). Procès. 103 (35).
Lamsoete, avocat. 6 (2. 24. 84 bis.)
Langermersch (J. van). 8 (109).
Langewolt. Coutumes. 45 (1. 2.).
Lannoye (veuve de). Procès. 103 (30).
Lanoy (P.). 103 (39).
LAURENT (frère), auteur de la « Somme le Roi ». 31. 109.
LAURY (du). Consultation. 9 (30).
Lauwe (J.). Procès. 9 (10).
La Wettere. Voir: Wettere.
LAYENS. Consultation. 8 (69).
Leblon (N.). Procès. 9 (24).
Lebreton. 22.
Leensoom (J.). Procès. 8 (85).
Leer (A. de). Procès. 6 (10).
Leersnyder. Sur sa succession. 103 (34).
Leeuw (P. de). 8 (4).
Lefau (P.). Procès criminel. 8 (60).
Legghe (Marie). Procès, 8 (95).
Leghez (Charles). Procès. (5).
Léonard (Th.). 6 (27).
Lépreux, (hospice des), à Gand, procès. 7 (20).
Lermont (N. G.). Procès. 9 (47.)
Lesbroussart, 22.
Let (G. van der). 6 (46).
Leupe (M.). 8 (19.)
Libouton (veuve). Sa succession. 8 (101).
« Liefde (gelukte) door tovery » pantomime. 94.
Linden (J. van). Procès. 8 (65).
Lobyn (P.). Sentence contre lui. 103 (53).
Loonen (Livine van den). Procès. 7 (25).
Loppersum (coutume de) 45 (1).
Lovenzeele (seigneur de). 6 (31)
Lucie (S.); couvent à Amsterdam 28.
LUNNANDER. Consultation. 9 (28).
Luycx (D). Procès. 6 (11.43).
Luycx (J.-B.). 21. 24.
Luytens (J.-B.). Procès. 7 (68. 69).

MAELE (ZEGHER VAN). Description de la décadence de Bruges. 69.
Maerschalck (veuve) Procès. 103 (24)
Maigrait (F.). seigneur de Heupen. Procès. 6 (8.)
Malines. Requête de l'archevêque. 8 (52). Voir: Grand Conseil.
MAMET (?). Auteur supposé d'un traité de géomancie, 105.
Man (J. de). Procès. 8 (16.)
Marck (van der). 96.
MARIE de Bourgogne. — Privilèges accordés par elle. 15 (3).
Martens (J.). 7 (57) 9 (21).
Masin (de). Procès. 9 (8).
Matton (veuve). Procès. 103 (42).
Matton (J.-B.). Procès. 6 (34).
Maurice (Prince). Dépêches diplomatiques qui lui sont envoyées. 79. 83. 87. 88. 89.
Méan (L. C. de). Procès. 9 (25).
Médecine (traités de). 54.
Meer (G. van der), donation faite par lui. 9 (44).
Meldent (avocat). 7 (71)
Melsele (paroisse). 7 (13).
Mendonck (M.). Procès. 6 (45).
MERTEN VAN TOURNOUT. Sermons. 40.
Mertens (J. J.) 21.
Meslines (greffier de). 103 (26).
Mestiers (Livre des). 16.
Métier des couvreurs à Gand. Procès. 6 (6).
Mette (M. de). 21. 22.
Meulenaere. (P. de). 8 (99).
Meulenaere (A. de). 7 (70).
Meulenaere (G. de). Procès. 7 (75).
MEUSAERT (consultation donnée par). 8 (110).
Meyer (J. D.). 22.
Meyer (de). Procès. 6 (73).
Meyere (consultation donnée par de). 8. (37. 101).
Meyere (E. de). 7. (1).
Meynaert (veuve). 8 (38).
MILANDE (van). Consultation 8 (68).
Miroir. Voyez : Confession.
MOENS (M.) Description des tableaux à Anvers. 19.
Moens (Pétronella). 22.
Mol (Julienne de). Procès. 9. (8.).
Molo. 24.

Montmorency (Prince de) Procès. 7. (74).
« Mooi Marytje of de gewaande Kraamvrouw » comédie. 63.
Moor (J. de). 21.
Moorseele (Chambre de rhétorique à). 24.
Mortgat (H.). Procès 103 (42).
Moulins (sur les). 8 (31). Voir : Audenarde.
MUDZAERTS (D.) vie de S. Norbert. 41.
Munk (J. de). Procès. 9 (11).
Muynck (de). 7 (57.)
Muytere (de). Voir : Witte (Marie de).
« Myn werck is hemelyck » Chambre de rhétorique à Bruges. 23.

NAERHEDE (recht van). Voir: Retrait (droit de).
Namur. — Rescrit du Conseil provincial. 9 (35).
Neste (W. van). 7 (50).
Nevele (seigneur de). Sa succession. 6 (52).
Nevele (baron de). Sa succession. 8 (7. 70).
Nevele (pointeur de la ville de). Procès. 9 (4).
Nevete (de). Procès. 6 (10).
Nimègue (sur les conséquences juridiques de la paix de). 8 (94).
Ninove (seigneur de). Son livre de rentes. 102.
Noluwe (seigneur de). Voir: Sinnisdach.
Norbert (vie de S.). 41.
Norier (C.). Procès. 8 (73).
Norman (E. de), seigneur d'Opelaere. Procès. 6 (7).
NUCIUS (L.). Traité des chevaux, 57.

Odemaer (veuve). Procès. 6 (32).
Odemaer (P.). 6 (32).
Odevaere (J.). 21.
Oestlande. (J. van). Procès. 6. (1).
Olde-ampt. Coutumes. 45. (2).
Oldenbarneveld. Dépêches qui lui sont adressées. 78 à 83.
Olearius (A.). Rectifications de son voyage en Perse, par Witsen. 48.
Oosteekloo (abbesse du couvent de). 8 (116).
Oostendorp (Marie van). Procès sur sa succession. 6 (24).
Oosterlinck (P. d'). Procès. 7 (23).
Oostwynckel (métier de). 7 (55).
Opelaere Voir : Norman.
Orange (Philippe-Guillaume d'). 8 (17).
Osselaere (J.). 8 (99).
Ostende. Chambre de rhétorique. 24.
Overloop. (F. van). 8 (30).
Overloop (J. van). Procès. 9 (22).
Overlooper (d'). Sa succession. 6 (51).

Pachter (G. de). Procès. 8 (58).
Parchons (échevins de) à Gand. Lettre. 6 (70).
Parchons (échevins de) de Gand. Procès. 6 (65).
Pardieu (veuve). Procès. 8 (75).
PARMENTIER, avocat. 6 (29. 52. 55). 7 (49). 8 (89. 109). 9 (46). 103 (6).
Passion (traités dévots sur la). 33 (1). 35 (1).
Pasteels (M.). 20.
Pater (explication du). 33 (2).
Patyn. 24.
Pauvres (Chambre des), à Gand. Procès. 7 (75).
Pauvres (Ecoles des) à Gand. Procès. 7 (78).
Pauwels (J.). 8 (88).
Paye (J. W. de). Procès. 9 (36).
Peene (A. van). Procès. 6 (12).
PEETERS (consultation donnée par). 8 (78).
Peetersens (H). 7 (46).
Pèlerinages (tarif des) établi à Gand. 5 (1).
Pennelyn (J.). — (P.) — (Isabelle). 7 (76)
Peters, avocat. 6 (1).
Petit (G.). Sur son testament. 8 (105).
Petit-Pas (F.). Sur sa succession, 8 (13).
PETRI (N.). Traité de mathétiques, extraits. 18.
Pharaildis à Gand. (Collégiale de S.). Requête. 7 (51).
PHILIPPE le Hardi, duc de Bourgogne.—Lettre. 5 (5).
PHILIPPE le Bon, duc de Bourgogne. — Lettre. 5 (3).
Physica animalium. 55.
Pien (J. de). Requête. 8 (40).
Pierre (abbaye de S.) à Gand. Procès. 9 (7).
PIERRE LE MANGEUR, auteur de l' «Historia Scholastica» 2. 38.
Piers (veuve). 7 (73).
Pilles (de). 19.
Placard du 13 août 1654 (sur l'interprétation du) 8 (93).
Planckaert. 24.
Plassche (A. van der). Procès. 6 (60)
Poel (van der). 22
Poésies pieuses. 39.
Pointeurs. Voir : Nevele.
Poorterye (sur la définition de la). 7 (34).
PORTE (de la). Consultation. 103 (32).
Pottelsberch (van). Procès. 103 (52).
POUILLON (consultation donnée par De). 8 (113). 103 (41. 51).

Praet (P. van der), propriétaire de manuscrit. 15.
Privilèges de Gand, accordés par le comte Gui. 5 (2).
Procureur des échevins de la Keure de Gand. — Ses comptes, 9 (34).
Psautier. 95. 107.
Psautier de la Vierge, attribué à S. Bernard. 43.
Putten (veuve Van der). 8 (21).
Putter (J. de). Procès. 103 (22).
Putthem (van). 103 (43).
PUTTHEM (van), avocat. 6 (1). 8 (70. 112).

Qualis vita, finis ita. 25.
Quincy (douairière). 103 (37).

RAES (A.). Consultation. 103 (61).
Raet (P. de). Procès. 8 (29).
Raverycx (J.-B.). 8 (40).
RECHTERE (de). Consultation. 8 (33).
Reegheling (de). Procès. 103 (21).
Reisschoot (C. van). 6 (38). 103 (23).
Renckens (G.). Procès. 8 (58).
Rens (A. J.). 22.
Resves (marquis de). 7 (67).
Retrait (sur le droit de). 7 (37). 8 (72).
Reubens (F.). 6 (16).
Reulx (Charles de). 6 (47).
Reyns (J.). Requête. 8. (45).
Ribaucourt (comte de). 6. (25).
Richard de Saint-Victor. — Commantaire sur le Cantique des cantiques. 28. 30. — Extraits de ses œuvres. 37 (1).
Richebourg (A de). Procès. 7 (74).
Richebourg (J. de). Procès. 8 (79). 103 (27. 31. 44)
ROBERT ROBERTZOON, traité de mathématiques, extrait. 18.
Robyn (P.). Procès. 7 (82).
Rode (bailli de). Procès. 8 (34).
RODE (Johan van), traducteur de la « Somme le roi ». 31 Voyez : Brederode.
Rodius (les hoirs). Procès. 7 (70).
Rogge (P.). 20.
Romyns (Marie). 6 (47)
Rommel. 24.
Roo (F.) Procès. 6 (65).
ROOSE. Consultation. 6 (36).
Roose (de), avocat. 6 (57. 74).
Roosendaele (seigneur de), Procès 6 (44).
Roothase (A.). Procès. 8 (97).
Roothaese (B.). Procès. 8 (97).
Rose (le Président.) — Sur son testament. 8 (68).
ROUSKE. Consultation. 9 (21).
Roussele (métier de). 7 (55).
Rousson (veuve). Procès. 6 (45).
Rousson (M. le). 6 (46).
Roy. (J. le), abbé de Saint-Winock. 12.
Ruddere. 21.
Russie (notes sur la), par Witsen. 47 à 49.
RYK (J. de), auteur dramatique. 64.
Rynheere (M A.) Procès, 6 (44).

Sacré (J.). 20.
Saint-Omer (évêque de). Procès. 103 (8 à 15.).
Saint-Winock (abbaye de), à Bergues. — Pouillé. 12.
Salemon (Louise). Sur sa succession. 8 (102).
Sasseghem (J. van). 6 (84).
Sasselaere (ville de). 7 (54. 57.)
SAUMAISE. Lettre à Constantin Huyghens. 10.
Sautelino (?) (douairière). Procès. 103 (45).
Schellevoort. 6 (30).
Scheltema (J.). 21. 22
Schepper (de), avocat. 7 (65).
SCHEPPER. Consultations. 8 (20). 9 (22).
Schietere (B. de). Procès. 103 (21).
Schuylenburgh (H. van), 10.
SECKMA, Consultation. 6 (23)
Seissanders. Voir : Coneghem.
Sens (évêque de). Procès. 9 (17).
Servaes (J.). Procès. 6 (61).
Sevecote (van). avocat. 6 (48).
Sevene (J. van). Procès. 6 (44).
Simoens. Procès. 6 (76).
Sinnisdach (F. de) 8 (54).
Sion (prieuré du couvent de) à Audenarde. 8 (30).
«Slaet d'oogh op Christi cruys.» Chambre de rhétorique à Bruges. 24. 27.
Sleydinghe (paroisse de) 9 (36).
Slooten (J. van). Procès. 103 (29).
Slooten (J. van der). Procès (48. 61. 82).
Smedt (veuve de), Procès. 7 (72).
Smet (J. C de) 103 (7).
SMIDT (de). Consultations. 6 (41, 73, 77, 78). 9 (1, 6, 10, 13, 28, 31, 38). 103 (17, 25, 38, 46, 50).
Smidt (de), avocat. 7 (3, 8, 43, 45, 58. 61, 66, 85). 8. (2, 19, 20, 24, 27, 55, 56, 57, 62. 63, 73, 82, 83, 98, 100).
Smidt (R. de), avocat. 9 (20).
Smins (P. de). Procès. 7 (48).
Smoy (C.) Procès. 6 (13).
Snellaert (H). Procès. 6 (40).
Snikt (van der). 20.

Soest. Voir : Tayaert.
Somerghem (sur le fief de). 9 (42).
Somme le Roi (traduction). 31. 109.
SONNESTRAEL (A.), auteur dramatique. 65.
Sorcellerie (sur la). 32 (9).
Sot (douairière du). Procès. 6 (5).
Sotteghem (C. S. tot). Procès. 9 (17).
Spanoghe. 21.
« Spieghel der Kersten. » 33 (1).
« Spieghel des eeuwighem levens. 37 (7).
Spronckholf (héritiers). Procès. 6 (49).
Stadtboeck van Groningen. Voir : Groningue.
Stalins. 6 (75).
Stalins (J.). Procès. 8 (92).
Stalins (L.). Procès. 7 (21).
Stalins (P.). Requête. 7 (60).
Steenaere (J.) Procès. 103 (63).
Steenberghe (van). 7 (5 *note*).
Steene (J van den). Procès. 6 (1).
Steenlant, avocat. 6 (14). 7 (22).
Steenlant (Anne). Voir : Hove (van).
Steyaert (J.). Procès 6 (11, 43, 68).
STOL (H), 63.
Straeten (Anna van der). 7 (29).
Straeten (A. van der). 7)27)
Straeten (Jérôme van der). 7. (29).
Straeten (Martin van der). 7 (27).
Stricht (van der), chanoine. Son portrait. 14.
Stroopere (F. de). 7 (64).
« Stryd van Liefde en Eer. » Drame. 62.
Suer (G.). 8 (24).
Suso (HEINRICH). traductions de ses épîtres. 37 (11).
Suvée. 22.
Swynecke. Voir : Gilles (Saint).
SYLENBAT. Consultation. 8 (103).

Tailles (obligation des seigneurs pour les) 103 (62).
Talboom (A). Procès. 7 (52).
Tarif. Voir : Gand.
TAULER (extrait des sermons de) 40.
TAVERNIER, avocat. 7 (9). 8 (32. 37). 9 (12. 23. 31).
Tayaert (F.), seigneur de Soest. Procès. 6 (8).
Terlinck. 20. 24.
Terlinden (R.). 20. 21.
Térouane (chanoines de). 8 (5).
Tersande (Isabelle). 6 (53)
Theophilus (meester). 54.
Thévenot (M.). Notes de voyage données par Witsus à Thévenot. 48. 49.
Thévenot (M.), propriétaire de ms. 30. 35.
Thierry (P.). Procès. 7 (39).
Thuyne (van), avocat. 6 (63).
Tiberghien. 20.
Timbry (consultation donnée par). 8 (96).
Tol (F. vander). Comptes de son administration pour le comte de Hollande. 13.
Tournay. Chapitre. 8 (18). — Etats 103 (11. 14). — Official. 6 (59). — Parlement. 7 (59). 8 (6).
Tournout. Voir : Merten.
Trefrize (J.). 8 (45).
Triest (E.). seigneur d'Auweghem, procès. 6 (66). Voir aussi Appels.
TRIEST (consultation donnée par) 8 (12).
Troostenberghe (H. van) Procès. 6 (76).

Vaet (veuve van der). Procès. 103 (63).
Valcke (L.) 8 (84).
Valckenaer (J.). 96.
Velare (J. de). Procès. 9 (5).
Velter (G. de). Procès. 6 (1).
Vergoethem, avocat 6 (82).
Verklaert (J.). Procès. 6 (10).
Viatike (Die bouc die men hiet). 54.
Vierendeel (P.). 8 (1).
Vieubourg de Gand.—Abbaye. 6. (79). — Bailli. 9 (4. 37). 103. (56). — Résolutions. 8 (114).
Vilain. (J.). 7 (2).
Vilers (M. de). Procès 6. (79).
Vilvoorden (accord conclu à). 76 (5).
VINCENTIUS (D). Consultation donnée par lui. 9 (7).
VINCK (J.), auteur dramatique. 92.
Vlamynck (de), avocat. 6 (56).
VLEYS (H.-J.), seigneur de Ten Doele. — Histoire de Bruges. 14.
Voghele (F de). 21.
Voorde (D. van de). 20. 21.
Voorde (van der), avocat, 6. (73). 8 (89).
Vos (de), avocat. 8 (8).
Vos (D. de.) 20. 21. 22.
Voucke (P. van). Procès. 9 (12).
Vredewolt. 45 (2).
Vrye van Brugge. Voir : Franc de Bruges.
Vuldere (A. de). Procès. 7 (49).
Vynckt (van der), consultation donnée par lui. 8 (64). 9 (14).

Wacqeu (comte de), Requête. 8 (44).
Wadripont (C. de). 8 (80). 9 (15. 16).
Wadripont (G. de). 8 (80). 9 (15. 16).
Waerschot (métier de). 7 (55).
Walcheren (antiquités trouvées dans l'île de). 10.

Waldeck (comte de). 7 (35).
Walle (P. van de) Procès. 9 (47).
Walle (C. van de). Procès. 8 (73).
Wallez, 22.
WALWEIN. Consultation. 9 (10).
Waryn Ghysberts (Sœur), propriétaire de ms. 37.
Watou. 7 (6).
Waudripont. Voir : Wadripont.
Wauters (les demoiselles L. et F.). 103 (54).
Wauters (Ph.). Procès. 103 (54. 55).
WEBER (J.). Traité de mathématiques, extraits. 18.
Wenemaers, hospice à Bruges. Procès. 103 (35).
Westphalen (A.), propriétaire de ms. 13.
Wettere (F. de la). Procès. 8 (9).
Wierincx (P.). Procès criminel. 8 (59).
WILCKENS, traité de mathématiques, extrait. 18.
Willocx (M.). 6 (45).
Witland (Philippe), conseiller du parlement de Malines. 103 (1).
WITSEN (N.). Notes sur un voyage en Russie. 47 à 49.
Witte (Marie de). 8 (77).
Wittenberghe (L. van). 9. (45.46.)
Woestine (van der), généalogie de cette famille. 66.
Wolf (veuve De). Procès. 7. (66).
« Wreedhart en Vrymonde » tragédie par Sonestrael. 65.
Wulverghem (seigneur de). 8 (66).

Ypres. — Décimateurs. 8 (6). — Evêque. 8 (85). — Requête du magistrat. 8 (94).
Ysac (meester) 54.
YSELSTEYN (J. van). Comptes administratifs. 13.
Yseghem (Chambre de rhétorique à) 24.

ZEEMAN (N.), auteur dramatique. 93.

Lille Imp. L. Danel.

www.ingramcontent.com/pod-product-compliance
Ingram Content Group UK Ltd.
Pitfield, Milton Keynes, MK11 3LW, UK
UKHW020950180726
13838UKWH00003B/1244

9 782019 945220